AF284364

Todeswunsch

Von

S. M.

Erdhütter gen. Drücker

Todeswunsch

Von

S. M.

Erdhütter gen. Drücker

Kontakt

S. M. Erdhütter gen. Drücker
Rappenstraße 14
73098 Rechberghausen
E-Mail: erdhuetter-g.druecker@web.de

© 2021

Herstellung und Verlag:

BoD - Books on Demand, Norderstedt

ISBN 9783753490694

Dunkelheit. Nichts als Dunkelheit. Eine endlose Leere starrt mich an, umgibt mich, durchdringt mich; eine endlose Leere, die schwärzeste Nacht. Ich bin da, existiere, irgendwo inmitten diesem Nichts. Ich schaue runter in die gähnende Leere eines schwarzen Lochs. Ich spüre mich, meinen Körper, meine Füße, wie sie einen Boden fassen, einen unsichtbaren Boden. Stehe oder schwebe ich? Eine Frage, die ich nicht beantworten kann, gar möchte. Ich schaue um mich, nicht der kleinste Lichtfunke findet seinen Weg durch diese Finsternis, nicht die geringste Hoffnung keimt in dieser Leere, nicht das leiseste Geräusch durchdringt die hypnotisierende Stille. Um mich herum ist nur dieser schwarzer, leerer Raum aus purem Nichts. Ist das das Ende? Es muss das Ende sein.

Das Herz schlägt nicht in der toten Brust. Ich laufe, oder schwebe, durch diese Finsternis. Meine Füße treffen auf keinen Widerstand, auf keinen Grund. Ich laufe, immer weiter, mitten durch die Dunkelheit. Doch am Ende ist kein Weg, keine Hoffnung, kein Ziel, welches zu Erreichen gilt; am Ende erwartet mich nichts außer Dunkelheit und Leere. Warum dann laufen? Warum versuchen zu entkommen, vor dem unvermeidbaren zu fliehen? Nichts außer Dunkelheit und Leere.

Da, ein Pochen durchdrang die endlose Stille der Leere. Da, noch ein Pochen. Der rhythmische Schlag wird schneller, lauter, lässt meinen ganzen Körper vibrieren. Die Finsternis selbst zuckt mit jedem Schlag zusammen, als würde es gequetscht.

In meiner Brust breitet sich eine merkwürdige Wärme aus, die die Kälte verdrängt. Das Pochen, die rhythmischen Schläge, sie kommen aus meiner Brust; mein Herz schlägt! Die Schatten, sie springen umher, nehmen langsam Gestalt und Konturen an.

Da vorne, ein einzelnes Pünktchen von Licht kämpft sich durch diese Finsternis, weiß in seiner Erscheinung. Ich Stürme auf diesen kleinen Lichtblitz zu, der mit jedem Schritt kräftiger wird. Der schwarze Boden verhärtet, bietet plötzlich einen Widerstand, der mich ins Taumeln bringt. Instinktiv schlage ich mit meiner linken Hand zur Seite, beim Versuch mich abzufangen, und tatsächlich, sie bekommt etwas zu fassen. Ich schau zu meiner Linken, doch da ist nur die klaffende Dunkelheit, nichts was Widerstand bieten könnte, und doch greift die Hand nicht ins Leere. Ich gehe weiter, weiter auf das Licht zu. Wie in einem düsteren Tunnel bei Nacht bewege ich mich auf schwarzen, undurchschaubaren Grundes, die Hand als Orientierung gleitet auf einer ebenso schwarzen Wand entlang; so schreite ich inmitten dieser Finsternis, das Licht als Ziel vor mir. Es wird immer greller und heller, füllt den toten Raum bald vollständig aus, umschlingt mich, verschluckt mich. Für einen Augenblick ist alles Weiß und hell erleuchtet, Wärme breitet sich von meiner lebhaften Brust aus, die Muskeln wachen von ihrer Leichenstarre auf und zucken freudig.

Und dann wieder Dunkelheit. Der Körper erkaltet, die Muskeln ziehen sich in ihr Winterschlaf zurück, das

Herz stirbt. Nur ein kleines Feuer, an einer Fackel brennend, durchbricht die endlose Schwärze. Die Fackel ist an einer Felswand befestigt, die gleiche Felswand, an die sich meine linke Hand stützt. Ich spüre die Kälte und Unebenheiten der Felswand, doch nicht die Wärme des Feuers; es ist kalt und tot.

Da vorne, eine weitere Fackel, die sich durch die Dunkelheit kämpft, und da hinter noch eine. Ein Pfad! Sie erleuchten ein Pfad. Ich dreh mich um, der Rachen des endlosen Nichts erstreckt sich vor mir, beißt nach mir, verlangt nach mir. Ich folge den Fackeln, weg von der Finsternis.

Ich schleppe mich den Gang entlang; mit jedem Schritt verblassen die Fackeln ein wenig mehr. Der Boden, am Anfang noch fester Lehmboden, wird zu sandiger Erde. Mein Herz rast, schlägt wie wild um sich, als ob es sich aus der Brust befreien möchte; ich schwitze am ganzen Körper. Schneller, immer schneller renne ich durch den Gang. Die Lichter sind nichts weiter als kleine Punkte in der Dunkelheit, wie Sterne am Nachthimmel. Die Finsternis, sie holt mich ein! Die Wände kommen näher, meine Schultern streifen die kalten Steine; meine Füße versinken im Treibsand. Das Nichts schlägt und greift nach mir, will mich zurück in ihre Arme der Verzweiflung und Hoffnungslosigkeit, der Resignation. Sie spielt mit mir, jagt mich wie eine Maus durch diesen Gang, durch dieses Labyrinth. Und doch muss ich weiter, einfach immer weiter, der Finsternis entkommen.

Meine Flucht endet mit einem Knall gegen ein Hindernis. Die Dunkelheit verschwindet, das Licht kehrt zurück und offenbart mein Hindernis; eine Tür. Die Wände weichen von mir, der Boden besteht wieder aus fester Erde. Ich rappel mich mit zitternden Gliedern auf. Hinter mir ist nur der Gang, der von vier Fackeln beleuchtet wird; kein Eingang ist zu sehen; nur die Dunkelheit, wie sie sich hinter dem Lichtkegel versteckt.

Ich öffne die Tür und erstarre sogleich. Die Tür, der Gang, die Lichter, alles löst sich auf und übrig bleibt nur die Finsternis, das Nichts. Es hat mich verschluckt, bin wieder ganz am Anfang, zurück in der gähnende Leere der endlosen Finsternis. Kein Schweiß tropft mehr von meiner Stirn und kein Puls schlägt in meiner Brust; mein Körper ist verschwunden. Nur ich bleibe übrig, ich und diese Leere. Die Finsternis spielte mit mir.

Schweißgebadet wach ich auf. Ich weiß, es war nur ein Traum, doch für mich macht Traum und Realität kein Unterschied mehr. Eine Leere durchzieht meinen Körper, keine Emotionen, kein Gedanke, nur eine wachsende Leere; und der Wunsch zu sterben. Geplagt vom Todeswunsch; nein, der Wunsch nach dem Tod ist keine Plage, nicht für mich, der Tod ist für mich eine Erlösung.

 Wie viele Menschen fürchten den Tod, denken nicht über ihn nach, fürchten ihn und erfinden in der Angst Religionen. Doch es ist nicht der Tod den sie fürchten, anders als sie denken, sondern sie fürchten etwas anderes, das Erlischen ihrer bedeutungslosen Existenz, das damit einhergehende vergessenwerden; und die gleichzeitige Erkenntnis, dass das eigene Leben bedeutungslos ist, keinen Sinn und Zweck erfüllt. Das fürchten sie, die Erkenntnis ihrer sinnlosen Existenz. Das Bewusstsein ist für die Menschen nichts anderes als ein Fluch, den sie mit allen möglichen Mitteln versuchen zu betäuben. Sie leben ihr leben, bauen sich Existenzen auf und kommen nicht mit dem Gedanken zurecht, dass alles bedeutungslos, alles sinnlos, alles weg ist, sobald sie sterben. Wer wird sich an ihnen erinnern, welchen Unterschied macht ihr Leben, ihr Tod? Sie stehen auf, gehen zur Arbeit, erziehen Kinder und denken, sie seien bedeutsam, wichtig. Nein, niemand ist wichtig, ob es mich gibt, dich, die Menschheit; keiner ist wichtig, keiner von bedeutsam, alles austauschbare Figuren. Einen Beruf habe ich schon lange nicht mehr, mit diesen Gedanken, mit dieser Leere und Antriebslosigkeit, kann man keinen Beruf behalten. Wir sind, seit wir das erste Licht der Welt erblicken, bereits tot; nur eine Frage der Zeit.

Ich kämpfe mich aus dem Bett, jede Bewegung wird zu einem kleinen Krieg gegen den eigenen Körper. Wozu aufstehen, wenn es nichts gibt, dass auf einem wartet, nichts gibt, was einem Erfüllung bringt? Warum nicht gleich wie eine Leiche im Bett liegen bleiben und auf den Tod warten, die einzige Person, die ich mir am sehnlichsten Wünsche und am längsten auf sich warten lässt. Er wird heute nicht kommen und morgen auch nicht. Also aufstehen, und den heutigen Tag überwinden, und den morgigen, solange, bis endlich meine Erlösung eintritt, solange muss ich mich weiter quälen.

Ich stehe und bin bereits erschöpft. Müde, die ganze Zeit bin ich Müde. Diese lähmende Müdigkeit verfolgt mich auf jeden Schritt und Tritt, egal was ich tue, egal was ich vorhabe, ständig fährt die Müdigkeit durch den Körper, lähmt die Glieder, erschöpft den Geist und mein einziger Wunsch wird der Schlaf. Sie verdrängt alles, den Hunger, die Motivation, sämtliche Pläne; jede Aktion wird zu einem eigenen Kampf, zu einer Quälerei; ich muss mich selbst zum Aufstehen oder gar zum Waschen zwingen. Nur der Gang zum Bett fällt mir leicht. Hunger habe ich auch schon lange verloren. Ich esse nur noch wenig, jeder Bissen löst Übelkeit aus, jeder Bissen verlängert die bedeutungslose Existenz um einen weiteren Tag.

Ich schleiche ins Bad und Blick in den Spiegel. Die Augen sind leichenblass und wässrig. Die Schulterlangen, schwarze Haare verdecken die Augen und das hoffnungslose Gesicht; wie eine Maske, die ich für mich selbst trage. Nichts hat sich verändert, nichts wird sich ändern. Seit Jahren blicke ich in dasselbe Totengesicht, wie es langsam verfault und doch sich weigert zu sterben; mit der kleinen Hoffnung, es würde sich etwas verändern. Martin, so heiß ich, Martin, und ich bin 35 Jahre alt. Ich muss mich jeden Morgen an meinen Namen und Alter erinnern, sonst würde ich die vergessen. Ich kann den Blick dieser elenden Kreatur im Spiegel nicht länger ertragen und ziehe mich in die Dusche zurück. Duschen, wahrscheinlich die einzige Tätigkeit für die es keine Anstrengung bedarf. Das warme Wasser beruhigt mich und wärmt meinen kalten Körper. Gibt mir ein wenig Hoffnung, ein wenig Kraft, vertreibt den Schatten; wie eine kleine Sonne. Die Gedanken fliegen unter der Dusche in alle Richtungen, sind nicht vom Schatten eingenommen.

Mein Schatten, die Depression, verfolgt mich schon mein ganzes Leben. Immer wieder schlich sie sich ein, breitete sich aus und verschlang jede Regung, jede Emotion, jedes Gefühl; einzig die Leere blieb. Es war ein ewiger Kampf, einen Kampf, den ich nie ganz gewann und nie gewinnen werde. Diese Leere, diese Antriebslosigkeit, in der jede Bewegung, jede Motivation ein Akt der totalen Erschöpfung darstellt; und in dieser Erschöpfung dringt die Depression ein, vergiftet erneut den Körper und Verstand; das Spiel beginnt von vorne. Ein Kampf, den ich nicht gewinnen kann. Und doch gab es Zeiten im Leben, in denen ich den Schatten überwand und mich von ihm losriss, auch wenn er nie verschwand. Der erste Kampf verschlang bereits alles, die Narbe war zu tief, als das ich jemals wieder so sein konnte, wie ich vor diesem ersten Kampf war.

In den Zeiten, in denen ich den Schatten überwand, versuchte ich mein Leben aufzubauen und zu organisieren. Versuchte, eine erfolgreiche Karriere hinzulegen und hab mich in sämtlichen Berufen ins Zeug gelegt. Gleichzeitig wollte ich mir ein Freundeskreis aufbauen und an mich arbeiten. Viele Jahre versuchte ich mich zu verbessern, mich weiterzubilden, etwas aus mir zu machen.

Doch der Schatten kehrte bald wieder. In den Berufen machte ich keine Fortschritte, alles Stagnierte. Durch die Trägheit meiner Depression konnte ich nie lange einen Job behalten, so übte ich einen Job nach dem anderen aus, ohne erkennbare Erfolge, ohne ein Ziel, ohne Perspektiven; das gefundene Fressen für den Schatten, der sich daran labte und mächtiger wurde. Menschen verrieten und verließen mich; und ich fragte mich, warum überhaupt noch in Freunde investieren, wenn diese nur die Freundschaft heucheln und bei der erstbesten Gelegenheit ein Messer in den Rücken rammen oder für eine Frau den Kontakt ganz abbrechen. Sämtliche Anstrengungen waren vergeblich, sämtliche arbeiten und Bemühungen waren vergeblich.

Egal wie sehr ich mich anstrengte, es ging immer abwärts. Mein Leben war ein Trümmerhaufen aus gescheiterten Versuche.

Von diesen Fehlschlägen ernährte sich der Schatten; lauerte in der Dunkelheit, während er stärker wurde und sich auf seinen nächsten Angriff vorbereitete. Ich musste wieder kämpfen, gegen mich, gegen diese Leere. Der Schatten ist wie ein Mahlstrom, er zieht dich immer tiefer in sein Loch hinein. Du bist gefangen in der Abwärtsspirale. Es zieht dich nach unten, tiefer und tiefer und tiefer. Du versuchst, gegen diesen Mahlstrom anzukämpfen, dich aus dem Sog zu befreien, doch je stärker du gegen ihn ankämpfst, desto fester umschlingt dich sein Griff, zieht dich schneller nach unten; wie eine Schlange, die gnadenlos ihre Beute im Totengriff hält; du kannst nicht entkommen.

Schlimmer, jede Bemühung aus der Abwärtsspirale zu entkommen kostet die gesamte Kraft, und je mehr du dich wehrst, desto erschöpfter und schneller wirst du in die Untiefen hineingezogen. Bist du einmal im Mahlstrom gefangen, kannst du nicht mehr entkommen, du wirst ins Loch gespült und dort gefangen sein, im Nichts, in der Leere. Du weißt, wo die Reise endet, du willst dagegen ankämpfen, doch kannst du nicht die Kraft aufbringen, um dich zu befreien. Im Loch gibt es nichts mehr außer deiner eigenen Leiche. Die Depression zehrt dich aus, verfällst im Wahnsinn von Selbsthass und niederschmetternder Trauer. Keine Hoffnung, keine Rettung, keine Perspektiven.

Ich war schon oft in diesem Loch. Nur durch große Anstrengung schaffte ich es aus diesem zu entkommen, zurück an die Oberfläche. Doch du verlierst jedes Mal, immer wenn du aus diesem Loch kommst, hinterlässt es eine Narbe, raubt dir die Kraft.

Ich bin wieder in diesem Loch, ich weiß nicht, wie oft ich in diesem Loch bereits war, doch diesmal ist es am tiefsten, am dunkelsten, am Hoffnungslosesten; und ich habe nicht mehr die Kraft, aus diesem zu entkommen, der Schatten, das Nichts hat mich eingefangen. Ich muss Kämpfen, es ist meine einzige Chance, doch wozu soll ich kämpfen, wenn ich genau weiß, ich werde nicht gewinnen können? Wie oft habe ich gegen diesen Schatten gekämpft und wie oft kehrte er wieder, Stärker als zuvor? Selbst wenn ich diesen Kampf gewinne, so wird dieser wieder eine Narbe hinterlassen und die Leere wird zurückkommen. Wozu Kämpfen, wenn es keinen Sieg gibt? Ich habe nicht mehr die Kraft, diesen Kampf zu führen; während ich schwächer werde, wird der Schatten immer stärker. Hat der Schatten bereits gewonnen?

Ja, das hat er, wenn nicht dieses, dann nächstes Mal; aber gewonnen hat er. Mein Leben endet im Grab, also ist es egal, wie ich gelebt hab und wie ich sterbe. Alle Wege führen ins Grab, es gibt keinen Weg daran vorbei. Gegen den Schatten zu Kämpfen ist, als würde ich gegen den Tod kämpfen, gegen das Ende aller Dinge; gegen das Ende meiner bedeutungslosen Existenz. Warum nicht einfach aufgeben? Der Schatten hat gewonnen, warum nicht gleich meine Existenz, mein Leben beenden? Nein! Ich muss mit dem Schatten leben, lernen, mit ihm zu leben; wie ich es schon früher tat. Wenn ich ihn schon nicht bekämpfen kann, wenn ich ihn nicht loswerde, dann muss ich mit ihm leben. Nur wie lange werde ich mit dem Schatten leben können? Er frisst mich auf, täglich vergiftet er meinen Körper und meinen Verstand. Ich bin jetzt schon zu schwach, um ihn zu bekämpfen. Wie lange werde ich mit ihm leben können? Jeder Kraftakt führt zur Erschöpfung; ich bin müde, des Lebens müde, könnte ins Bett gehen, schlafen und nie wieder aufstehen, einfach nur schlafen. Nein, ich kann nicht mit dem Schatten leben, nicht für lange. Entweder ich bekämpfe ihn, oder er bringt mich um; ich muss kämpfen.

Vom Bad gehe ich in mein bescheidenes Wohnzimmer. Die Regale sind voll von Büchern. In der Ecke steht ein einfacher aber gemütlicher Sessel, mein Lesesessel. Das Licht in der Ecke ist trüb und der Blick vom Sessel aus führt zu einer kahlen Wand. Die Ecke und der Sessel könnten ein Abbild meines Lebens sein, dunkel, kalt, hoffnungslos; und doch mag ich die Ecke. In meiner Büchersammlung habe ich die verschiedensten Philosophen, von Nietzsche über Kierkegaard und Schoppenhauer, bis hin zu Plato und Aristoteles.

Viele der Philosophen suchten nach dem Sinn des Lebens, nach dem Grund, warum wir alle hier sind; und viele jagten das Glück. Die traurige Wahrheit ist, dass es keinen Sinn im Leben gibt. Es gibt keinen Grund, warum ich hier bin oder irgendjemand anderes auf diesem Planeten wandelt. Es ist einfach so passiert, Zufall, Glück oder Unglück, jeder kann es benennen, wie er es mag. Wenn es überhaupt so etwas wie einen Sinn im Leben gibt, dann der, zu überleben und sich fortzupflanzen, Selbsterhalt und Arterhalt. Das ist der Sinn des Lebens, des einzelnen Lebens; einen über-geordneten Sinn gibt es nicht. Das Leben entstand, weil die Bedingungen da waren und nicht aus irgendeiner Bedeutung. All die Philosophen, all die Menschen jagten und jagen einem Phantom hinterher, einer Illu-sion, weil sie die Wahrheit nicht ertragen können. Sie lügen sich selbst an, aus Schutz vor der Wahrheit. Für die Meisten ist die Lüge schöner als die Wahrheit; flie-hen mit bedeutungslosen Zielen vor ihr.

Egal welches Leben du lebtest, am Ende stirbst du, am Ende wirst du vergessen, hast nichts erreicht, nichts verändert. Im Leben kann man nicht gewinnen, nur ver-lieren; nur der Tod gewinnt. Wie viele Menschen haben vor einem gelebt, und an wie viele Menschen kann sich die Gesellschaft noch erinnern und was blieb von ihren Lebenswerken? Nichts, sämtliches Streben endet im Scheitern, in der Niederlage, in der Vernichtung. Und selbst wenn man etwas erreicht und die Menschen an einem Erinnern, was hat man davon? Wird man durchs Erinnern wieder lebendig? Nein. Was haben diese Men-schen davon, dass man sich an sie erinnert? Genau so viel wie an den Menschen, an die man sich nicht erinnert. Und die, die die Welt nach ihrer Vorstellung verändert haben, was haben sie davon? Auch wieder nichts, sie sind tot, und nichts was sie im Leben getan haben, hat ihnen vor den Tod, den Zerfall, bewahrt. Und alles was sie erreicht haben, wird früher oder später durch den Zahn der Zeit zerstört und ebenfalls vergessen werden. Wozu im Leben streben, wenn man nichts im Leben erreichen kann?

Die Antwort der Philosophen ist das Glück, haben aber selbst keine Ahnung, was das Glück im Leben ist oder wie man es erreicht. Epikur suchte das Glück in die Befriedigung von Bedürfnissen und Lust; sein Motto war: Freude maximieren und Leid minimieren. Er war ein Lustmensch, der sich der menschlichen Geißel, seiner Biologie, freiwillig unterwarf. Aus Freude wird immer leid. Du wirst süchtig nach diesen Freuden, dessen Reize du immer weiter erhöhen musst, um noch eine Wirkung zu verspüren. Irgendwann jagst du nur noch einem Phantom der Freude hinterher, um das lauernde Leid zu entgehen; doch je schneller du der Freude und dem Glück hinterherrennst, desto schneller flüchtet die Freude und das Leid springt dich aus seinem Versteck an.

Der Kynismus geht einen völlig anderen Weg. Kyniker glaubten, dass alles Leid aus Verlangen und Wünschen entspringt. Um Glück und Freude zu erlangen, muss man die Gegenwart so akzeptieren, wie sie ist und aufhören sich eine andere zu wünschen oder etwas an seine Zustände zu verändern. Auf Wünsche und Verlangen folgt immer die Enttäuschung; du kannst nichts verändern. Und falls du doch deine verlange und Wünsche erreichst, folgt der Überdruss und die Qualen eines ziel- und antriebslosen Lebens. Diogenes, der bekannteste Kyniker, soll angeblich sein Leben lang nur in einer Tonne gelebt und täglich in den Moment hineingelebt haben. Einer Legende nach soll ihn Alexander der Große einen Besuch abgestattet haben und fragte ihn: „Was wünscht du dir? Ich erfülle dir jeden." Diogenes soll darauf nur „Geh mir aus der Sonne.", geantwortet haben. Das Akzeptieren der Gegenwart führt zu keinem Glück, man erträgt lediglich die Leiden und Qualen; da man erkennt, dass es keinen Ausweg, keine Flucht aus seinen Leiden gibt. Jede Hoffnung, jeder Versuch sind vergeblich und scheitern kläglich.

Für mich gibt es kein Glück, gab es nie, wird es nie geben. Zufriedenheit ist das Höchste, worauf ich hoffen kann. Ich habe schon lange aufgegeben nach dem Glück zu jagen. Das Glück ist auch nur eine Illusion, eine stille Hoffnung, dem leidvollen Leben einen Sinn und Zweck einzuhauchen; einen Grund zu haben, sich gegen alle Widerstände und Qualen hinwegzusetzen, um sein Ziel zu erreichen; mit der Hoffnung, dass alles, sobald das Ziel erreicht ist, besser wird, zu ein glückliches Leben führt.

Doch am Ende ist nichts außer das Ende. Selbst wenn das Ziel erreicht wird, was soll dann besser oder anders werden? Ganz egal was die Menschen auch versuchen, es wird sich nichts verändern. Entweder man wird als glücklicher Mensch geboren oder nicht. Die glücklichen Menschen, dessen Hormonsystem sie ständig mit Glückshormonen, wie Dopamin in einen permanenten Drogenrausch versetzt, sind in jeder Lage und in jeder Situation glücklich. Negative Veränderungen haben nur einen kurzen Einfluss auf ihre Gemüter; nach einer Woche, spätestens nach einem Monat, sind sie wieder die glücklichsten Personen auf der Welt. Und die Menschen, dessen Hormonsystem vor den Drogenrausch bewahrt, sehen die Wirklichkeit und das langatmige Leben. Positive Veränderungen haben auch auf diese nur einen kurzen Effekt, weil sie genau wissen, dass nichts von Dauer ist; egal was passiert, früher oder später werden sie alles verlieren, und wenn es erst beim Tod ist. Wie Sokrates schon sagte: „Bedenke stets, dass alles vergänglich ist, dann wirst du im Glück nicht zu fröhlich und im Leid nicht zu traurig sein."

Einer dieser Illusionen ist die Religion. Menschen erfanden Götter und einen übergeordneten Sinn, um nicht mit der Wahrheit konfrontiert zu werden. Wenn es einen Gott gibt, der die Menschen, und jeden einzelnen so erschuf, wie er ist, muss er einen Plan haben, alles im Leben einen Sinn geben. Nicht umsonst sagen die Christen: „Gottes Wille ist unbegreiflich." Sie klammern sich an diesen Gott, der nur das Leben mit all seinem Leid ein Sinn geben soll, wie Affen an einem Baum. Ja nicht loslassen, ja nicht runterfallen; unten könnte einen die Wirklichkeit erschlagen. Gott wird ebenso wenig wie all die anderen Lügen und Illusionen den Menschen helfen, im Leben wie im Tode nicht.

Gott soll nicht nur dem Leben und der eigenen Existenz einen Sinn geben, nein, er soll auch die Furcht vor dem Tod und dem vergessenwerden nehmen. Jede Religion glaubt an irgendeiner Form von Unsterblichkeit: Auferstehung, leben im Paradies oder Reinkarnation. All diese Götter und Religionen wurden nur erfunden und entwickelt um die Ängste der Menschen zu nehmen und sie vor der Wirklichkeit zu schützen. Die Wirklichkeit ist, dass es keinen Gott gibt und keinen übergeordneten Sinn; das Leben hat keinen tieferen Sinn, es lebt nur. Und nach dem Tod kommt und passiert nichts mehr, nach dem Tod ist alles aus und vorbei; ein sehr beruhigender Gedanke. Man wird geboren, quält sich durch sein Leben bis man endlich den Tod empfangen darf, der die ganzen Leiden endgültig beendet. Menschen werden nur durch Furcht getrieben.

Selbst große Philosophen und Denker wie Plato und Spinoza konnten die Wirklichkeit nicht verkraften. Plato mit seiner Ideenlehre glaubte allen ernste, dass in jedem Menschen eine Seele wohnt, die von einer anderen Dimension in den Körper einfuhr. In der Ideenwelt gäbe es alle uns bekannten Dinge. Doch nicht nur das, selbst Ideen und Erfindungen warten in der Ideenwelt nur darauf, einen Platz in der Welt der Lebenden zu bekommen, und würden sich selbst zur richtigen Zeit der richtigen Person enthüllen. Und am Ende, wenn der

Körper stirbt, soll die Seele, mitsamt der körperlichen Erfahrung in die Ideenwelt zurückkehren. Man weiß sofort, von wo die Christen ihre Idee über eine Geisterwelt, in der alle verstorbene auf das jüngste Gericht warten, haben.

Und Spinoza versuchte der Welt durch seinen Pantheismus einen künstlichen Sinn zu geben. Für ihn war Gott nicht eine Person, kein Schöpfer, sondern Gott ist alles und alles ist in Gott. Alles ist ein kleiner Teil von einem göttlichen Ganzen. Mit dieser Philosophie hat jedes Leben und jeder einzelner wieder einen Sinn im Leben, trägt einen wertvollen Beitrag zum göttlichen Ganzen. Mit dieser Philosophie bewegte sich Spinoza gefährlich nah am Fatalismus, und gleichzeitig ging er zurück in den Animismus. Jeder erfüllt einen Zweck, jedes Leben hat eine Aufgabe, die es erfüllen muss, auch wenn diese dem Leben selbst nicht offenbart wird.

Die Buddhisten glauben an die Reinkarnation, um sich vor dem Tod zu schützen. Reinkarnation, Wiedergeburt, womöglich der größte Schwachsinn, den sich die Menschen bislang ausgedacht haben. Reinkarnation bedeutet nichts anderes, als eine Seele, die den sterbenden Körper verlässt, nur um sich in einen neuen sterblichen Körper einzunisten. Wieso sollte sich eine Seele, die die Leiden des Lebens einmal durchmachte und jetzt vom elenden Leben befreit, sich einen neuen Körper suchen und sich erneut dem Leid und Elend aussetzen? Mit dieser Philosophie knüpft der Buddhismus an Platos an. Nur muss man sich fragen, wenn sich die Seele nach dem Tod vom Körper trennt, um sich wieder mit einem neuen zu verbinden, warum gibst es dann immer mehr Menschen? Nach dieser Philosophie dürften es immer gleich viele Menschen oder Lebewesen auf diesem Planeten geben, ohne dass sich die Zahl signifikant verändert. Das heißt, allein die steigende Bevölkerung ist schon der beste Beweis gegen diese Philosophie. Aber Menschen glauben immer noch daran, einfach nur, weil sie den Gedanken des eigenen Zerfalls und der eigenen Bedeutungslosigkeit nicht ertragen können.

Der eigene Zerfall, wie viele Menschen denken über ihren eigenen Zerfall, über ihren Tod nach? Kaum jemand, zu schrecklich, zu unschön. Statt sich mit der eigenen Sterblichkeit auseinanderzusetzen und zu akzeptieren, wird sich mit Lügen und allerlei Drogen abgelenkt. Der Tod wird nur gefürchtet und das Leben geliebt; die Liebe zum Leben ist nichts anderes als die Furcht vor dem Tod. Das Leben halten die meisten aber nur im Drogenrausch aus. Warum liebt man das Leben und fürchtet den Tod so sehr, wenn man das Leben nicht nüchtern und die Welt in ihrer Wirklichkeit ertragen kann? Wie viele Menschen flüchten in Alkohol, Nikotin, THC und andere Drogen oder den körpereigenen Glückshormonen, um das Leben auszuhalten? Ist ein Leben, welches ein Mensch nur im permanenten Drogenrausch verbringt, überhaupt Lebenswert? Ein Leben, welches nichts als Schmerzen, Leiden und sinnlose Bemühungen bietet; mit Menschen, die sich und ihre Umgebung belügen, um eine Illusion aufrecht zu erhalten. Was viele nicht verstehen, ist, dass der Tod das wichtigste im Leben ist.

Nicht nur bietet er einen Ausweg und ein Ende vom ganzen Leid, nein, der Tod gibt dem Leben erst seinen Wert. Welchen Wert hätte ein Leben, das nicht endet? Keinen. Erst durch die Vergänglichkeit bekommt das Leben seinen Wert, macht die Lebenszeit so besonders. Doch welchen Wert hat ein Leben, welches nur aus Leiden und Versagen besteht? Ab wann ist ein Leben nicht mehr Lebenswert und dem Tode vorzuziehen? Das sinnlose Leben bietet nichts außer Schmerz, Leid und dem unendlichen Versagen; wie eine Karotte hält das Leben einem sämtliche Möglichkeiten und Optionen vor die Nase, doch Verdruss ist einzig was man erreicht. Das Leben hält nichts, was es versprach und das versprochene ist nicht wünschenswert. Wie oft soll man wieder aufstehen, wenn man zu Boden geworfen wurde? Leute sagen, man muss einmal mehr aufstehen, als man zu Boden gerungen wird. Ist das nicht dämlich, oder schon ein Zeichen von Wahnsinn, immer wieder dasselbe versuchen und ein anderes Ergebnis erhoffen? Wann lernt ein Mensch, dass sich aufstehen nicht lohnt, dass er sofort wieder erschlagen wird, dass er die Karotte nie erreicht; warum nicht einfach liegen bleiben und auf den Tod warten, der die eigene sinnlose Existenz ein für alle Mal beendet? Das Leben besteht nur aus versagen, aus Niederlagen und Schmerzen. Die

Menschen fürchten sich zu sehr vor der Wahrheit, um sich von ihren Illusionen, Lügen und Drogenrausch zu trennen. Die meisten Menschen können nicht klar denken, und die, die es können, verfluchen ihre Gabe, ersticken sie im Drogenrausch. Und andere, Optimisten und glückliche Menschen, laufen im permanenten Drogenrausch durchs Leben.

Etwas Gutes hat mein Schatten, er weckte meinen Verstand, löste alle Illusionen und Lügen auf, lies mich die Wirklichkeit sehen. Es gibt kein Ziel, es gibt keinen Sinn und nichts, wonach es sich zu streben lohnt. Wir werden grundlos geboren, leben grundlos und sterben irgendwann grundlos. Wir werden geboren, um zu sterben. Man kann auch nicht sein Leben verschwenden; um etwas verschwenden zu können, bedarf es einen nutzen, einen Sinn, dies fehlt dem Leben völlig. Wie ich mein Leben gestalte, ist vollkommen gleichgültig, nichts wird sich verändert, egal wie ich gelebt habe und wann und wie ich sterbe. Es spielt keine Rolle, ob ich erst in 80 Jahren sterbe oder die heutige Nacht nicht mehr erlebe. Für wen macht mein Leben und meinen Tod einen Unterschied? Für niemanden. So ergeht es jeden anderen auch. Jeder ist belanglos, jeder ist ersetzlich und jeder ist gleich am nächsten Tag vergessen.

Wie verbringst du dein Leben, was machst du zum Überleben? Denkst du, du veränderst die Welt, die Gesellschaft oder auch nur die Umgebung deiner Mitwelt? Denkst du, du wärst unersetzlich, einmalig, etwas Besonderes? Oder daran, dass dein Leben einen besonderen Sinn hat, dass du ein kleiner Teil eines großen ganzes bist? Dann muss ich dich enttäuschen, nichts von all dem stimmt. Du bist niemand, wirst ein niemand bleiben und wirst weder die Welt, die Gesellschaft noch die Menschen in deiner Umgebung verändert. Bist nichts Besonderes, bist in keinem Plan eingebunden und kein Teil von etwas Größerem. Vielleicht denkst du, du bist ein Teil der Gesellschaft und hilfst ihr fortzubestehen. Was ist die Gesellschaft? Die Gesellschaft besteht aus Menschen, die dich und deine Taten nicht wahrnehmen, die dich verachten. Warum solltest du dein Leben nach dieser Gesellschaft ausrichten wollen? Selbst wenn dir tatsächlich das Kunststück gelingt, und du etwas erreichst, die Welt oder die Gesellschaft veränderst, was hast du davon?

Am Ende gibt es doch ein Ende und du stirbst. Dein Erfolg kann dich nicht retten, deine Leistungen werden zerfallen und vernichtet. Oder noch schlimmer, die Menschen klauen und zerstören dir dein Erfolg.

Der Schatten nahm mir die Illusionen, die Lügen, und ließ mich denken. Ich suchte lange nach der Wahrheit, las viel, unterhielt mich mit den unterschiedlichsten Personen, beobachtete das tägliche Treiben der Menschen und wie sie miteinander interagieren und dachte viel über all diese Dinge nach; zum Schluss setzte ich mein Wissen und meine Erfahrung zusammen. Das ist das Ergebnis. Wonach suchte ich überhaupt? Nach Erkenntnis, nach der Wahrheit. Ich suchte einen Weg, die Leere zu füllen und den Schatten zu überwinden, sie waren die treibende Kraft. Hab ich dieses Ziel erreicht? Natürlich nicht, gegen den Schatten, gegen das Leben kann man nicht gewinnen. Jedes Leben endet früher oder später in den Tod. Stattdessen wurden mir die Illusionen und die Lügen der Leute immer bewusster und ich sah ihre Angst vor der Wahrheit. Die Angst, zu erkennen, dass es kein Sinn im Leben gibt, kein Ziel, kein höheres Wesen, der dem Leben und dessen Leiden eine Bedeutung verleiht, kein Leben nach dem Tod; und zu erkennen, dass das eigene Leben bedeutungslos ist. Für niemanden macht es irgendeinen Unterschied, ob jemand morgen oder erst in den nächsten Jahren stirbt. Die allermeisten sind entbehrlich, unbedeutend.

Die Nacht bricht herein; ich war den ganzen Tag über in meine Gedanken versunken. Kein Hunger, kein Bedürfnis und auch keine Motivation störten mich. Ich saß den ganzen Tag über katatonisch in meinem Sessel und dachte nach. Die Müdigkeit übermannt mich und ich schleiche mich ins Bett.

Die Dunkelheit umgarnt mich, lacht mich mit ihren finsteren Zähnen an. Wieder grinst mir die Leere ins Gesicht, verspottet mich. Sie hat mich doch, hält mich mit ihren finsteren Armen gefangen, verdaut mich in ihrem Magen. Was will sie noch? Mein ich ist wieder von jeglichem Körper losgelöst; nur ich als Existenz, als Gedanke. Wer bin ich überhaupt? Was ist dieses ich; nur eine Einbildung dieses Schattens?

Ich schwebe durch die Finsternis, immer in einer Richtung und immer schneller. Doch nichts als schwärze und Finsternis. Hoffnung, betrügerische Hoffnung und Furcht treiben mich an. Hoffnung, dieser Leere zu entkommen, aus diesem elendigen Gefängnis auszubrechen und frei zu sein. Und die Furcht, dabei zu scheitern, für immer ein Gefangener des Schattens zu bleiben; der meine sinnlosen Bemühungen verächtlich und gleichzeitig belustigt beobachtet. Wie ein Tier, wie eine Ratte, die von den Wissenschaftlern bei Kunststücken beobachtet wird. Und wie für diese Ratten, gibt es für mich ebenso nur ein Ausweg; den Tod. Leb ich überhaupt noch, oder bin ich bereits gestorben? Ist das das Leben nach dem Tod, der Himmel, die Hölle? Das ist das Nichts, die absolute Leere, absolute Finsternis; und ich bin ein körperloser Gefangener. Die Hoffnung stirbt zuletzt, leider. Warum einen Kampf kämpfen, den man nicht gewinnen kann; und gegen die Leere kann man nicht gewinnen. Was erwartet mich außerhalb dieser Leere, falsche Hoffnungen und Träume? Ist das hier die Realität und mein Leben nur der Alptraum?

Wie bedeutungslos die Frage für mich doch ist.

Weiter, immer weiter, eine denkende Existenz fliegt durch einen leeren Raum, in der Hoffnung, den Ausgang zu finden. Ich fühle nichts. Ich fühle nichts! Ich bin nur Gedanke, nur Existenz, ohne Emotionen. Keine Trauer, kein Todeswunsch, keine Trägheit und schon gar keine Leere, die sich in meinen Körper ausbreitet und alle Glieder lähmt. Die Leere ist ja direkt vor mir und ich habe keinen Körper, den sie lähmen kann; und doch lähmt sie meine Bewegungen.

Da, ein kleiner Funken schwebt durch die Schwärze, brennt wie ein Feuer durch sie hindurch. Was ist das für ein Funke? Wieder ein Spiel, wie die Tür beim letzten Mal? Egal, ich muss den Funken erreichen, die kleine Hoffnung ausschöpfen. Der Funken wird heller, größer, schon bald entwickelt er sich zu einem Lichtschein. Der Lichtschein kommt mir entgegen, nimmt den ganzen Raum ein, verdrängt die Finsternis. Das Licht, es blendet, brennt und verschlingt mich.

Die Finsternis ist dem Licht gewichen. Auch habe ich meinen Körper wieder, der mir an alle Stellen brennt. Schmerz erfüllt meinen Körper. Das Licht ist keine Hoffnung, keine Rettung, nur ein weiterer Foltermeister; nur ein weiterer Wissenschaftler, der mit mir seine Spielchen spielt. Es gibt kein zurück, das Licht hat die Finsternis komplett verdrängt; hinter wie vor mir gibt es nur noch dieses grell blendende, brennende Licht. Ich gehe weiter, fliehe vor diesem Licht; suche einen Weg zurück in die Dunkelheit.

Aus dem Licht zeichnen sich langsam Konturen ab. Stühle werden erkennbar, die vor einer weißen Wand stehen. Frauen sitzen auf den Stühlen und starren in die Leere. Auf dem grauen Boden kämpfen zwei Jungs dröhnend miteinander; doch werden sie von keinen der Frauen wahrgenommen. Am anderen Ende des Raumes befindet sich eine Tür. Die Tür in ihrer hölzernen Erscheinung verleiht diesen monotonen Raum als einziges Farbe; gibt dem Raum leben. Ich steig über die Kinder hinweg und begebe mich zur Tür. Weder die Kinder noch die Frauen beachten mich, als wäre ich ein Geist, nicht existent.

Hinter der Tür erstrahlt ein Raum im gesunden, hölzernen Braun; Sonnenlicht lacht durch zwei Fenster hindurch. Der Boden besteht aus jungem Parkett, der bei jedem Schritt leise knirscht. Ich dreh mich um, doch die Tür ist verschwunden; nur die weiße Wand hat sie mit auf die andere Seite gebracht.

Ein schlankes Mädchen mit einem kastanienbraunen Pferdeschwanz steht hinter einer Theke und schneidet Obst. Das Sonnenlicht küsst sie von der Seite, lässt sie durchsichtig, geisterhaft wirken. Das Licht umhüllt ihren ganzen Körper, präsentiert ihre Schönheit. Ich kenne dieses Mädchen nicht, und doch kommt sie mir vertraut vor, als würde ich sie mein halbes Leben kennen. Mein Herz rast, während ich mich ihr nähere. Das Mädchen ist eine junge Erwachsene. Ich selbst bin Anfang 20. Ich streck vorsichtig eine Hand nach ihrer

Schulter aus. Vielleicht ist sie tatsächlich nur ein Phantom, so wie die anderen Frauen im letzten Raum. Nur eine Täuschung, ein Spiel, kreiert aus meiner Phantasie und Licht. Doch meine Hand berührt ihre feste Schulter; sie besteht aus Fleisch und Blut. Sie dreht sich mit einem schüchternen Lächeln zu mir um. In ihren giftgrünen Augen steckt Vertrautheit. Ihre Stupsnase hebt und senkt sich bei jedem Atemzug. Sie ist das schönste Mädchen, das ich je gesehen hab, welches ich nie sah. Nach diesem kleinen Augenblick dreht sie sich wieder der Theke zu und schneidet weiter.

Sie nimmt die zwei Schüsseln in die Hand; mit einem Lächeln fordert sie mich auf, ihr zu folgen. Wir setzen uns an den Tisch, der in ein wunderschönen goldbraunes Licht leuchtet. Der Obstsalat in der Schüssel erstrahlt in allen Farben. Ihr Gesicht wird von der Sonne angehaucht, die Haut strahlt wie Gold; ein wundervolles goldenes Lächeln ziert ihren Mund. Ihre Wangen erröten mit dem Lächeln. Alles stimmt, das Lächeln, die wunderschönen schüchtern-verliebte Augen, die erröteten Wangen, der haselnussbraune Pferdeschwanz; abgerundet von der Sonne, die auf ihr Gesicht scheint. Ihr Gesicht sieht einfach nur perfekt aus. Kein Mädchen wird auch nur annähernd so schön sein wie sie. Sie ist der Inbegriff der Schönheit. Wenn man sie, in diesen Augenblick, als nicht schön empfindet, verachtet man nicht nur sie, sondern die Schönheit an sich.

Das Mädchen starrt tief in meine Augen, als könne sie

jeden Gedanken, jede Emotion, mein ganzes Leben aus ihnen lesen. Diese großen, grünen Augen, wie Smaragde in einem goldenen Sockel, unheimlich und doch so schön, als würden sie Gift in meinen Körper injizieren; und ich begrüße das Gift, lass es durch mein Herz und in mein Gehirn fließen. Mit einem Lächeln auf den Lippen und ein letztes schönes Bild vor den Augen, würde ich friedlich einschlafen und nie wieder aufwachen; ein schöner Tod.

„Ist was? Du hast noch nichts gegessen.", sagt sie, mit einer sanften, melodischen Stimme, zusammen mit ihrem herzerweichenden Lächeln.

„Ich kenne dich nicht. Wer bist du?"

„Sei nicht albern, du weißt wer ich bin."

„Nein, ich habe dich noch nie gesehen."

„Ich bin deine Freundin."

Ich schau mich im Haus um, vielleicht entdecke ich irgendetwas, dass mir vertraut vorkommt oder an das ich mich erinnern kann. Das ganze Haus strahlt in diesem goldbraunen Licht. Blumen Stieren durch die Fenster. Portraits von Personen aus meiner Vergangenheit hängen an den Wänden, schauen vorwurfsvoll auf mich herab.

„Wie lang sind wir schon zusammen?"

Ihr Lächeln verzieht sich zu einer verächtlichen Miene, die Augen blicken durch mich hindurch; das Gesicht wirkt tot. Die Sonne zieht sich aus dem Haus zurück, das goldbraune Licht verschwindet. Zurück bleibt nur ein leeres, düsteres Haus; ich bin allein; allein in der Dunkelheit.

Bring dich um, schallt es in meinen Kopf, reißt mich aus meinem Schlaf. In einem dunklen Zimmer wach ich auf. Der Morgenschein kämpft sich durch das Fenster. *Bring dich um, du bist nichts!* Mein Unterbewusstsein hat recht, ich bin nichts, war nichts und werde nie etwas oder jemand sein. Mein Leben, meine ganze Existenz ist bedeutungslos, wertlos. Welchen Unterschied macht es, ob ich heute oder Morgen stürbe? Welchen Unterschied hätte es gemacht, wenn ich gestern starb? Keinen, es macht keinen Unterschied; es ist bedeutungslos. Ich bin eine Leiche, die zu antriebslos zum Sterben ist. Der Schatten hat mein Unterbewusstsein schon vor Jahren eingenommen, sich dort wie eine Zecke festgesetzt. Ich bin wieder im Loch, Tiefer als jemals zuvor.

Die Stille herrscht in diesem dunklen Raum, lässt mich allein, allein mit dem Schatten. Bin ich schon tot? Ist dieser Raum mein Sarg und das Haus mein Grab? *Du bist wertlos.* Nein, solange das Es in meinem Kopf rumgeistert, kann ich nicht tot sein. Ich bin noch am Leben, zusammen mit meinen Leiden.

Ich kann mich noch an meinen letzten Traum erinnern, an die Finsternis, das Haus, das Mädchen. Sie kam mir so vertraut vor, als würde ich sie seit Jahren kennen, dabei ist mir das Gesicht so fremd wie jedes andere da draußen. Wer war sie? Warum habe ich von ihr geträumt? Ich habe noch nie von ihr oder einem anderen Mädchen geträumt. Das Gebäude, das Licht, alles erscheint mir wie von einer anderen Welt, als wäre ich von meiner in ihre Welt gestolpert; und doch schien es so, als würde ich in ihre gehören, wäre ein Teil davon. Dennoch fühlte es sich fremd an. Eine Ruhe und Zufriedenheit herrschte in diesem unbekannten Raum mit dieser unbekannten Person, eine Ruhe und Zufriedenheit, wie sie noch nie zuvor kannte. Und doch wusste ich, dass ich nicht dort hingehörte, ein Fremder in einer fremden Welt. Wo war ich, was hat dies zu bedeuten?

Die Leere breitet sich in meinen gesamten Körper aus, lähmt jeden Muskel, jeden Nerv. Das Es vergiftet meine Gedanken, unterbricht den Gedankengang. Aufstehen, einfach nur aufstehen, diesen einen Kampf gewinnen, wieder und wieder. Ein letztes Mal gegen den Schatten kämpfen, ein letztes Mal aus dem Loch emporsteigen, dem Grabe entfliehen; noch bin ich nicht tot. Die Glieder sind schwer und liegen steif im Bett, mein Herz schlägt langsam, verschlafen, aber es schlägt noch.

Wozu aufstehen, du kannst nichts, bist nichts. Bleib liegen und stirb! Das Echo vom Es hallt durch meinen Kopf, macht alles nur noch schwerer. Kämpfen, immer weiter kämpfen. Ich habe den Schatten schon mehrmals besiegt, oder zumindest unter Kontrolle gebracht, ich werde es wieder schaffen, so lange bis ich nicht mehr kann, bis er mich endgültig besiegt. Das Leben ist ein ewiger Kampf, ein dauernder Krieg. Aufgeben heißt zu sterben; Tod ist die Kapitulation. *Du kannst mich nicht besiegen, ich bin du.* Ja, der Schatten ist mein Feind, doch er ist auch gleichzeitig ein Teil von mir, war er schon immer, begleitete mich mein Leben lang, als mein einziger loyaler Freund; dadurch ist er ein Teil von mir, ich bin mein größter Feind. Wie gewinnt man einen Krieg gegen sich selbst? Man kann so ein Kampf nur verlieren. Aufstehen, einfach nur aufstehen, die erste Schlacht gewinnen.

Ich schließ die Augen, betrachte meinen letzten Traum durch mein geistiges Auge. Was war das für ein Haus, für ein Zimmer? Wer war dieses Mädchen? Ich war weder jemals in diesem Zimmer, noch habe ich so ein Mädchen gesehen, und doch kam sie mir seltsam vertraut vor.

Ich setz mich aufrecht ins Bett. Die Augen Tränen und brennen, in meinem Schädel pocht und pulsiert der Schmerz; Schmerz und leere, mehr fühl ich nicht. Die trägen Beine wollen meinen Körper nicht tragen und falle sofort zurück auf Bett, beim Versuch aufzustehen. *Bleib liegen, stirb!* Nein, ich muss kämpfen, noch einmal kämpfen. Das Leben ist ein ewiger Kampf, ein dauernder Krieg. Aufgeben heißt zu sterben; Tod ist die Kapitulation. *Du erreichst nichts. Wozu kämpfen? Sterben musst du.* Einfach weiterkämpfen, Tag für Tag. Auch wenn Es recht hat, ich werde Sterben, ich werde nichts erreichen; in meinem Leben kommt nichts mehr. Doch noch bin ich nicht bereit aufzugeben, noch bin ich nicht bereit zu sterben. Ich habe den Schatten schon öfters besiegt, oder zumindest unter Kontrolle gebracht, ich werde es wieder schaffen, so lange bis ich nicht mehr kann, bis Es mich endgültig besiegt.

Ich nehme meine ganze Kraft zusammen, verdränge die Leere und Schwere meines Körpers, ziehe mich aus dem Bett. Die Muskeln in meinen Waden springen zuckend umher, während sie mein Gewicht tragen; doch zumindest tragen sie mich. Erschlagen und erschöpft schlürfe ich hinüber in mein Denksessel. Jeder Tag, jede Stunde, jede Minute ist ein Kampf aufs neu. Ein Kampf gegen das Es, ein Kampf gegen den Schatten, gegen die Depression, gegen das Loch; gegen mich selbst. Ein Kampf, den ich nicht gewinnen kann, und doch immer wieder aufs neu ausfechte, ein Kampf, der mir die letzten Kräfte raubt. Von meiner Schwäche zerrt und nährt sich der Schatten, schlägt mich mit meinen eigenen Waffen.

Auf den Weg zum Sessel entdecke ich einen Brief, abgeschickt von meinem alten Freund Dominik. Ich nehme ihn mit; über dessen Inhalt mache ich mir keinerlei Gedanken. Viel Zeit ist vergangen, seit wir uns das letzte Mal gesehen, oder ich von ihm gehört habe. Ich bin ein wenig verwundert, dass er mich nach all der Zeit nicht vergaß. Andererseits könnte dies auch nur eine Todesnachricht sein.

Wie ich, hatte Dominik sein ganzes Leben über mit seinem eigenen Schatten zu kämpfen, stampfte gefährlich nahe an der Abwärtsspirale vorbei. Wir haben uns immer gegenseitig ins Loch geworfen, und wieder rausgeholt. Sprachen miteinander, wenn einer von uns sich wieder in den Schlaf heulte. Versuchten gemeinsam einen Sinn für unser Leben zu finden; ein Ziel, dessen erreichen und Anstrengung würdig ist. Suchten einen Sinn, eine Erklärung, für unseren Schatten, unserer Depression, unser Leid. Irgendwann mussten wir akzeptieren, dass es keinen Sinn gibt, keinen im Leben und keinen in unserer Depression, in unserem Leiden. Wir wurden geboren und in dem Moment war unser Leben bereits vorbei. Kein Gott, kein Plan, kein Schicksal, nicht einmal eine Computersimulation ist da draußen, welcher irgendein Plan, eine Vorstellung oder gar für Gerechtigkeit sorgt, nichts dergleichen; wir waren allein mit unseren Schatten, allein mit unserem Ballast. Es war schwer, dies zu akzeptieren und jeder von uns warf diese Erkenntnis zurück ins Loch. Lange kämpften wir allein mit unseren Dämonen, versuchten, alleine aus dem Abgrund herauszuklettern, dem Schatten zu entkommen.

Das Es wurde in dieser Zeit so stark wie nie zuvor. Das erste Mal, dass ich eine komplette Leere empfand, eine vollständige Empfindungslosigkeit. Der Körper, die Glieder wurden betonschwer, wollten sich nicht mehr bewegen; die Augen brannten, eine schmerzende, dauerwährende Müdigkeit. Ich wollte nur noch sterben. Den ganzen Tag lag ich im Bett, bewegungslos, empfindungslos, mit nichts außer meinem sanften Herzschlag in der Brust und den Todeswunsch im Kopf. So lag ich da, Wochen, vielleicht auch Monate; seit diesem Zeitpunkt habe ich aufgehört die Zeit zu zählen. Irgendwann gewann ich den Kampf, konnte mich von meiner Müdigkeit, meiner katatonischen Lethargie befreien. Als wir den Kampf gegen den Schatten aufnahmen, uns aus dem Loch zerrten, und wir miteinander redeten, half die Erkenntnis, das Es zurück in sein Käfig zu sperren.

Wir haben die Menschen unser leben lang beobachtet, wir hatten keine andere Wahl, waren immer alleine, alleine mit unserer Leere, unseren Schatten, unseren Kampf. Sie verstanden uns nicht, mieden uns. Wir beobachteten sie, wie sie ihr Leben bewerkstelligten, die Träume, die sie ausmalten und verfolgten, die Hoffnungen, die sie in der Brust aufbewahrten und ihr Lebensglück, mit den sie jeden Raum und jede Person anstrahlten. Und am Ende ihre Trauer, ihren Selbsthass, Hass auf ihr Leben, auf alles was sie waren, sind, und noch hoffen können zu werden; wenn ihre Träume platzen, im Leben falsch abgebogen sind, ihren Optimismus und Lebensglück sich als Lüge, einer schmerzhaften Lüge, herausstellte.

Ja, die Erkenntnis, dass das Leben an sich sinnlos ist, dass es niemanden gibt, der über einen wacht, einen Plan bereithält, oder man ein Zahnrädchen in einem gigantischen Getriebe sei, half uns aus dem Loch; wir konnten es sehen, miteinander sprechen und schließlich akzeptieren. Wir brauchten uns keine Lüge mehr einreden, keiner falschen Hoffnungen jagen, das Glück oder den Sinn im Leben suchen. Wo nichts ist, kann nichts gefunden werden. Die Leute sehen nur ein Haufen Trümmer, Lügen und ungenutzte Möglichkeiten, die sich am Ende wahrscheinlich als genauso betrügerisch herausstellen würden, wenn sie zurück auf ihr Leben schauen. Ein ständiges Treiben nach Lebensglück und Sinn, der immer ins Leere läuft. Welche Lügen werden einem immer wieder erzählt, welche Lügen erzählt man sich selbst?
Paradox, ich weiß, dass ausgerechnet diese Erkenntnis zur Besserung meines Zustandes beitrug, besonders nachdem es mich so tief ins Loch schmiss. Doch da

fängt meine Lüge an, meine kümmerliche Hoffnung. Ich dachte damals, ich hätte den Schatten ein für alle Mal besiegt, für immer und ewig in seinen Käfig weggeschlossen, von wo aus es nur noch schreien und Drohen konnte, mich selbst aber unberührt ließ. So ehrlich war ich noch zu mir. Ich wusste, der Schatten würde aus seinem Gefängnis noch immer versuchen, mich zu beeinflussen, besitz von mir zu ergreifen; ich wusste, vernichtet war er nicht und konnte ich nicht. Kleinere Gefechte mit ihm werde ich noch immer ausfechten müssen, jedoch würde er mich die meiste Zeit in Ruhe lassen und in der anderen Zeit müsste ich ihn einfach ignorieren. Ich habe mich getäuscht, mich belogen, von einer falschen Hoffnung blenden lassen, und der Schatten ist, wie so oft, ausgebrochen und stärker zurückgekehrt. Eine Lüge, die mir am Ende alles kosten wird, gefüttert von einer falschen Hoffnung.

Nach dem Kampf ging es mir langer Zeit gut, die Trägheit und die innere Leere verschwanden, der Schatten zog sich zurück. Ich konnte für meine Verhältnisse ein normales Leben führen. Die Melancholie, als ein permanenter Teil meiner Persönlichkeit, blieb; jedoch übernahm sie niemals direkten Besitz über meine Persönlichkeit und verführte mich nicht, sie war einfach da, und leitete mich.

Auch mied ich noch immer Menschen, ging nicht raus, wenn es nicht unbedingt sein musste. Die Erkenntnis trennte mich noch weiter von ihnen, weiter als es der Schatten je vermochte. Unter ihnen fühlte ich mich immer verloren, war noch einsamer als im tiefsten Loch in der schwärzesten Dunkelheit. Ihre Themen, ihre Bagatellen, amüsierten mich, wenn ich sie nicht gerade über ihren Stumpfsinn verachtete. Mit ihnen reden, wozu? Und über was? In der Vergangenheit suchte ich Kontakt mit anderen zu knüpfen; dachte sogar, der Kontakt zu Menschen würde mir im Kampf gegen den Schatten helfen. Wie naiv und dumm ich damals war. Sie verstanden mich nicht, Depression, Lebensunglück, gar Todeswunsch, kamen in ihr Weltbild, in ihrem perfekten, wunderschönen, fast schon paradiesischen Weltbild, einfach nicht vor. Sie wollten nichts hören, nichts wissen, mieden mich, war ein Störenfried in ihren Plänen und Lebensglück; der kleine Splitter im Fuß, den man nur entfernen muss, um schmerzbefreit weiterzulaufen.

Und ich, ich wollte und konnte nicht über ihre Pläne, Lebensglück hören. Zu schnell lösen sich solche Pläne, Lebenswege und Ziele in Luft auf; zu viele variable Faktoren, die man weder alle kennen noch bestimmen kann, spielen eine zu große Rolle. Kurz bevor sie ihr Ziel erreichen, passiert etwas Unvorhergesehenes und plötzlich stehen sie vor dem Trümmerhaufen, was einst ihr Leben darstellte. Ein angesehener Job mit gutem Einkommen, ein eigenes Haus mit Frau und Kinder; Scheidung, Haus, Frau und Kinder weg, Einkommen wird verpfändet und der Job wird zum Gefängnis. Egal wie sehr man sich abmüht, egal wie sehr man sich für sich oder für andere einsetzt, das Ende schaut für alle gleich aus. Dem Zerfall, dem Tod, kann man weder entkommen noch verstecken, er holt sie alle. Nein, die Menschen verstanden mich nicht, konnten mein Empfinden und meine Gedanken nicht nachvollziehen, und ich konnte die Menschen nicht verstehen, wie sie weiter blind einer Illusion hinterherrannten.

Dominik, einer der wenigen Menschen, der Verstand, was es heißt, vom Schatten, von der Frucht der Melancholie, verfolgt und geplagt zu sein; einer der wenigen, der mich verstand, und ich verstand ihn.

Ich öffne den Brief, es ist eine Hochzeitseinladung von Dominik und Hannah. Dominik hat sich verändert, wie ausgetauscht, seit er sich mit Hannah traf. Er besiegte seinen Schatten, war voller Leben und schaute mit Zuversicht in die Zukunft. Er besiegte nicht nur seine Depression, die ihn sein Leben lang verfolgte, sein Charakter veränderte sich vollständig. Sprach nur noch über seine Freundin, wie toll und wunderschön sie sei, wie viel Spaß er mit ihr hätte; fand seinen Lebenssinn. Wir sprachen nicht mehr über die Menschen, über die Gesellschaft, wie sie funktionieren, auf welche Lügen und Illusionen diese aufgebaut sind; stattdessen wurde er ein Teil von der Gesellschaft, ein Teil von der Lüge. Auch wollte er nichts mehr über die Depression wissen, ein Thema, über das wir lange sprachen, uns gegenseitig stützten; ohne ihn hätte mich der Schatten schon längst übermannt, wäre ich nicht mehr hier. Sich einfach nicht unterkriegen lassen, das Positive im Leben sehen, es nicht so schwer sehen; waren immer seine Antworten. Dabei wusste er genau, wie zermürbend der Kampf gegen den Schatten ist; hat sich in den Schlaf geweint, morgens nicht die Kraft gefunden aufzustehen, etwas zu unternehmen; seine Ziele, die er sich täglich setzte, nie erreicht, was seiner Stimmung trübte und den Schatten stärkte, ein Teufelskreis, eine Abwärtsspirale, aus der man nicht so schnell und einfach rauskommt. Und dann kam Hannah in sein Leben, innerhalb weniger Monate besiegte er die Depression. Seitdem sahen und sprachen wir immer weniger miteinander; ich dachte, er hätte mich komplett vergessen. Ich freu mich durchaus für ihn, dass er diesen Kampf endgültig gewann.

Der Kampf gegen den Schatten zerrt an einem, frisst einen auf; und je mehr du dich gegen ihn wehrst, je stärker du zurückschlägst, desto schneller frisst er deine Kraft, wird stärker. Es ist ein hoffnungsloser Kampf, ein ewiger Kampf, bis einer der Seiten endgültig vernichtet ist, und meistens bist du es. Das Es wird nach jeder gewonnenen Schlacht stärker, du wirst nur schwächer. Doch wenn du eine Schlacht verlierst, bist du im Loch gefangen, das tiefer und tiefer wird, mit jeder Sekunde in der du gefangen bist; die Abwärtsspirale dreht sich immer schneller und reißt dich in seinen Abgrund. Es ist nur gut, dass Dominik sich aus dessen Würgegriff befreite; ich hätte jedoch nie gedacht, wie sehr sich seine Persönlichkeit ändert und wie wenig Verständnis er aufbringt, obwohl er teilweise stärker unter dem Schatten litt als ich.

Mit seiner Veränderung und Abweisung hat er mir bestätigt, dass ich im Leben ganz alleine bin. Es gibt im Leben niemanden, der sich für mich oder dich interessiert, niemanden, der einem hilft. Du wirst allein geboren, lebst allein und stirbst allein. Die ganze Zeit über bist du allein. Die Menschen geben sich nur solange als deine Freunde aus, wie sie einen Vorteil von dir haben. Sobald es dir schlecht geht, sind sie alle weg. Auf wie viele Freunde kannst du wirklich bauen, lassen dich nicht im Stich, wenn es dir mal schlecht geht und deren Hilfe benötigst? Und wie viele Freunde hast du, wenn es dir gut geht, du gut situiert bist, wenn es etwas von dir zu holen gibt, sei es materielle oder immaterielle Güter? Die Menschen sehen nur ihren eigenen Vorteil und die Möglichkeit, sich wie ein Parasit an einem zu bereichern; sobald du ausgenommen bist, ziehen sie weiter und suchen sich einen neuen Wirt. Wie oft habe ich dieses Verhalten unter den Menschen beobachten?

Und Familie? Die Familie ist nicht besser; sie sind die Ersten, die dir das Messer in den Rücken stoßen. In wie vielen Familien herrscht böses Blut? Wie viele Familien streiten sich um das Erbe oder andere familiäre Vermögenswerte? Familie sind die Schlimmsten. Sie sind die Ersten, die dich verraten. Nach außen hin immer freundlich und wohlwollend, doch in Wahrheit suchen sie die nächste Möglichkeit dich zu sabotieren. Schau dir die Familien an, wie viele sind zerbrochen?

Geschwister hassen sich und haben den Kontakt zueinander abgebrochen; Eltern die ihre Kinder hassen und verabscheuen, Kinder die ihre Eltern hassen und verabscheuen, Mütter, die den Vater rausschmeißen und den Kontakt zum Kind verbieten, Paare, die einander Betrügen, einander runter- und fertigmachen. Und wie viele Familien spielen nach außen hin eine gute, unterstützende und liebevolle Familie, doch sind in Wirklichkeit genauso zerrüttet und zerstört wie alle anderen auch? Die meisten Gewalttaten und Missgunst passieren innerhalb der Familie. Familien schützen und helfen einem nicht, sondern sehen dich nur als ein Hindernis oder als leichten Weg, sich zu bereichern. Erst rennst du von deiner Familie weg, springst aus der Schlangengrube raus, suchst Freunde, Menschen, von denen du denkst, dass sie ehrlich zu dir sind, dir nicht schaden, bei denen du sicher bist. Und am Ende verraten sie dich ebenfalls, missbrauchen dein Vertrauen, wie deine Familie zuvor. Den Menschen ist es egal, wer du bist, was du bist, wie es dir geht; sie wollen dich nur ausnutzen, dich zu ihrem persönlichen Vorteil gereichen, ausplündern; am Ende lassen sie dich einfach fallen wie eine heiße Kartoffel, wenn du glück hast. Manche nehmen dich nicht nur aus und verdrängen dich aus ihrem Leben, nein, manche verunglimpfen dich, erzählen Lügen und zerstören die Reputation. Die Freunde wenden sich von dir ab, erzählen die Lügen weiter. Und du? Du stehst da, im Regen, schaust auf die Menschen, die jahrelang sich als deine Freunde aus-

gaben, mit denen du so viel unternommen und gespro-
chen hast, wie sie dich jetzt ignorieren, sich ihre Mäuler
über dich zerreißen. Die gefährlichsten Menschen sind
nicht Fremde, sondern die Familie und die engsten
Freunde. 90 % der Morde passieren innerhalb der
Familie und dem engsten Freundeskreis. Deine Freunde
und Familie sind deine größten Feind; was deine Feinde
nicht wissen sollen, das sage nicht deine Freunde und
Familie.

Ich werde zur Dominiks Hochzeit gehen. Nach all den
Jahren, in denen wir keinen Kontakt hatten, wird es
seltsam werden, ihn auf seiner Hochzeit zu begegnen.
Nach all der Zeit bin ich mir nicht sicher, ob ich Dominik überhaupt wiedersehen möchte; Tote sollten tot
bleiben. Es wird ein Kampf werden, mich zu überwinden auf seine Hochzeit zu gehen. Für mich wird es
keine Hochzeit darstellen, sondern eine Beerdigung; ich
werde die Leichen meiner Vergangenheit begraben. Ein
endgültiger Abschied aus meinem Leben; von meinem
Leben.

Für die Beerdigung habe ich mich passend in Schwarz gekleidet. Dominik läuft im Flur auf und ab, Schweiß läuft von seiner Stirn runter, tropft auf sein Champagnerweißen Anzug. Eine weiße Rose ziert seine Jacketttasche; hat sich richtig feingemacht. Ich habe Dominik noch nie in weißer Kleidung gesehen; er trug immer schwarze oder graue Klamotten, nie buntes oder weißes. In bunten Sachen kommt er sich wie ein Clown vor, hat er mir mal gesagt. Er ist im Flur ganz allein. In seiner Aufregung hat er mich noch nicht bemerkt.

„Dominik, lang nicht mehr gesehen.“

Vor Schreck bleibt er abrupt stehen und schaut wie ein Hirsch aus der Wäsche.

„Ah, Martin, schön dass du da bist. War mir nicht sicher, ob du kommst.“

„Das war ich bis heute Morgen auch nicht.“

„Wie geht's dir?“

„Ganz gut.“, lüg ich.

Ich muss jeden Tag aufs neu gegen das Es ankämpfen; mit jedem weiteren Tag spüre ich, wie meine Kräfte schwinden, gleichzeitig das Es immer stärker wird. Allein das Aufstehen kostet Kraft für einen ganzen Tag; auch heute musste ich mich überwinden, um rechtzeitig aufzustehen und zur Hochzeit zu gehen. Und jetzt, jetzt stehen wir gegenüber, wie Yin und Yang, und wissen nicht, was wir sagen sollen. Nein, mir geht es nicht gut, gar nicht gut.

„Ich bin wirklich froh, dass du hier bist. Du bist der einzige Gast, den ich kenne. Alle anderen Gäste gehören zur Hannah. Dann habe ich jemanden, mit dem ich mich Unterhalten kann."

„Wo ist die Glückliche und ihre Schar?"

„Die kommen noch, wir sind zu früh."

„Oder die zu spät. Wie geht es dir? Hab lange nichts mehr von dir gehört. Hochzeit scheint dich ziemlich mitzunehmen."

„Ist das so offensichtlich?", Dominik zückt ein Tuch und wischt sich die Stirn ab, streichelt sein Anzug glatt, überprüft die Position der Rose und setzt sich mit einem langatmigen Seufzer hin; ich setze mich ihm gegenüber.

„Wie soll's mir großartig gehen? Man lebt. Das habe ich wahrscheinlich Hannah zu verdanken. Du weißt ja, mir ging's damals ziemlich dreckig, Hannah war der Sonnenschein, der den Schatten vertrieb, mir einen Grund zum Leben gab. Hannah ist aber auch nur ein Mensch."

Dominik faltet seine Hände krampfhaft auf den Schoß und schaut auf den Boden, starrt ins Leere. Mich wundert's, dass er jetzt, kurz vor seiner Hochzeit, über seine Depression spricht. Bei unseren letzten Begegnungen blockte er jedes Mal ab, wenn ich nur in die Nähe dieses Themas kam. Trotz meiner Verwunderung und geweckter Neugierde, stell ich keine Fragen, sondern genieße das Schweigen und lasse ihn seine Gedanken sortieren.

„Es war nie weg, verstehst du? Es ist immer noch da, irgendwo in mir drin. Was ist, wenn Es wie ein Phoenix wiederkommt, sich für all die Jahre rächt? Ich liebe Hannah, ich will ihr nicht weh tun und ich will nicht, dass sie mich so sieht; dass sie mitbekommt, wie ich mich in den Schlaf weine, wie ich über meinen Selbstmord nachdenke und das Messer bereits in der Hand halte. Es war nie weg, ich habe Es nur in einer Ecke gesperrt, aus dessen ich seine Schreie und Flüche hören konnte. Ich dachte, ich hätte meine Depression überwunden; ich war glücklich und verspürte echte Lebensfreude; ich wollte leben und nicht mehr sterben. Doch seit sie von der Hochzeit anfing zu reden, verspürte ich Zweifel, sogar regelrechte Ängste. Ich konnte nachts nicht mehr schlafen. Ich überließ ihr alles, die Planung, Ausführung, Einladungen schreiben und verschicken, mit Ausnahme einer einzigen. Je näher der Termin rückte, desto schlimmer wurde alles. Fragen geisterten durch meinen Kopf, ob sie die richtige sei, ob ich mein Leben so verbringen möchte, ob ich überhaupt für das ganze hier bereit bin.

Ich habe ihr natürlich nichts von all dem gesagt; Hannah hat absolut keine Ahnung von meinen vergangenen Zuständen, oder die jetzigen. Es fiel mir auch immer schwerer, mich für irgendetwas zu begeistern oder zu motivieren. Ich lebte einfach meinen Alltag, tat das, was ich die letzten Jahre immer tat und Hannah spielte ich den Dominik vor, den sie kannte und mochte. Das verstecken und Schauspielern habe ich perfektioniert. Tja, jetzt sitze ich hier, mit meinen Zweifeln, ob die Hochzeit wirklich das Richtige ist, und warte, bis die ganze Scharade vorüber ist."

Dominik sitzt da wie ein Häufchen Elend. Er sieht nicht wie ein Bräutigam, der freudig erregt seiner Braut entgegenseht, aus, sondern wie jemand, der in den Augen des Todes sein verschwendetes Leben wiederfindet. Er ist der alte Dominik, wie ich ihn kannte, und nicht der Dominik, der mit Hannah zusammen ist.

„Man kann den Schatten nicht besiegen. Du kannst ihn nur einsperren und hoffen, dass er nie ausbricht. Doch gewinnen kannst du nicht. Manche werden als glückliche Menschen geboren und andere als unglückliche, vom Schatten heimgesucht."

„Ja, ich konnte meine Depression nicht besiegen. Ich habe keine Kraft mehr, um gegen ihn anzukämpfen; ich kann nicht mehr; ich will nicht mehr. Es ist anstrengend, es verzerrt mich. Es raubte mir all die Lebensfreude, den ganzen Fortschritt, den ich in den letzten Jahren mit Hannah erreichte. Ich fühl mich wie eine leere Hülle, von innen aufgefressen. Ich kann nur hoffen, dass es nach der Hochzeit wieder besser wird, dass nur die Hochzeit mir die Kraft raubt. Vielleicht ist es nicht die Depression, vielleicht ist es nur die Furcht vor dem ungewissen. Nach der Hochzeit wird es wieder besser werden. Die Sorgen und Ängste verschwinden und ich bin zurück in meinem gewohnten Alltag."

„Ja, vielleicht hast du recht, vielleicht macht dich die Hochzeit fertig; wünschen würd' ich's dir."

„Ruhe jetzt! Die ersten Gäste kommen."

Freunde der Braut lachen und unterhalten sich in kleine Grüppchen; und jeder dieser Gruppe versucht Dominik für sich unter Beschlag zu nehmen. Dominik rennt von Gruppe zur Gruppe, begrüßt jeden, beantwortet Fragen und lacht mit.

Ich habe mich derweil in einer Ecke zurückgezogen, von wo aus ich ungestört die Szene beobachte. Alle tragen weiße oder Bunte Festtagskleidung; ich bin der einzige schwarze Fleck in einer weißen Umgebung; die Melancholie unter der Lebensfreude. Ich wüsste auch nicht, was ich mit diesen Leuten besprechen sollte, ich interessiere mich nicht für sie und sie interessieren sich nicht für mich; kein Grund, falsches Interesse zu heucheln. Spätestens nach der Hochzeit werden wir uns nie wiedersehen, warum sich jetzt kennen lernen, wenn es eh kein Wiedersehen gibt? Nein, ich bleibe in meiner Ecke, verfolge das Geschehen.

Als letztes tritt Hannah in einem schneeweißen Hochzeitskleid ein, ihr offenes kastanienbraunes Haar wird von einem Kranz aus Gänseblumen und Mutterkraut verziert. Ihre Eltern traben ihr hinterher. Die Gespräche verstummen augenblicklich und Hannah erntet Blicke der Bewunderung. Mit einem verliebten Lächeln auf den Lippen läuft sie auf Dominik zu, der sie in freudiger Ungeduld empfängt. Zusammen betreten sie den Hochzeitssaal, die Gäste folgen leise und geordnet. Ich bin der Letzte, der die Bühne betritt. Die Stuhlreihen sind in zwei Blocks eingeteilt, sodass in der Mitte ein Weg frei bleibt. Nur noch in der Mitte der linken Stuhlreihen ist ein Platz frei.

Die Verwandte und Freunde schauen mich an und schütteln ihre Köpfe, in der einen oder anderen Ecke wird getuschelt. Wörter und halbe Sätze wie: „Wie kann man nur?; von Beerdigung kommen; er sollte sich schämen!" Ja, für mich ist dies eine Beerdigung, die Beerdigung meines einzigen Freundes, den ich je hatte. Er wird sich weiterhin nicht mehr melden, trotz des Gesprächs vorhin. Er wird den Schatten einsperren und ihn einfach ignorieren, sein perfektes Leben leben und pingelig darauf achten, dass nichts dieses kleine Paradies stört, schon gar nicht mit Menschen von der Vergangenheit, die über seine Zustände und Kämpfe aus seinem früheren Leben reden. Nein, Dominik spielt Theater, hält eine Illusion aufrecht, von dessen Instabilität und Betrug er bescheid weiß. Doch er braucht diese, um nicht zugrunde zu gehen. Er hat lieber eine Karotte vor der Nase als der bitteren Wahrheit ins Auge zu sehen. Dabei schmeckte er die Pille der Wahrheit, sah die Illusionen und die Betrügereien der Menschen, doch konnte er diese nie akzeptieren. Er ging zugrunde, wurde schwächer, seine Depression wurde stärker. Mit all diesem Schauspiel lügt er nicht mich und auch nicht Hannah an, sondern einzig und allein er sich selbst. Eine Lüge, um sich selbst am Leben zu erhalten, um sich selbst zu retten.

Ich setze mich auf den leeren Platz. Mein Sitznachbar, ein Ehepaar im mittleren Alters, schauen mich vorwurfsvoll an und wenden sich von mir ab.

„Sie hätten sich wirklich besser anziehen können.", dröhnt die Frau. Ich beachte sie nicht weiter, stattdessen konzentriere ich mich auf Dominik und Hannah; Hände haltend warten sie auf die Standesbeamtin. Hannah schaut Dominik verliebt mit einem schüchternen Lächeln an; Dominik erwidert ihren Blick nicht. Stur schaut er die Wand vor sich an, rutscht leicht auf seinem Stuhl und streichelt Hannahs Hand. Er ist nervös, möchte diesen Umstand jedoch verschleiern.

„Schämen sie sich nicht? Auf einer Hochzeit erscheinen, als würdest du von einer Beerdigung kommen.", spricht mich ein Mann hinter mir an und umklammert meine Schulter. Mein Herz rast, die Lunge verschließt sich, ich kann nicht mehr atmen. Die Hände zittern und zucken willkürlich. Ich nehme meine ganze Kraft zusammen und bleibe so ruhig wie möglich.

„Vielleicht komm ich von einer Beerdigung!"

Mir wird's ganz heiß, der Schweiß tropft mir von der Stirn. Um mich herum wird alles Dunkel.

„Dann zieht man sich vorher um!", höre ich eine Stimme aus weiter Entfernung.

Mein Herz schlägt, als wolle es sich aus der Brust befreien; das Pochen hör ich bis in meine Schläfen. Die Lunge gibt ihren Dienst auf, ich kann nicht mehr atmen. Eine Hitze umgibt mich, als würde ich in einer Sauna sitzen. Die Hände sind feucht vom Schweiß und zittern krampfhaft. Die Umgebung verblasst, die Konturen verschwinden, alles wird Dunkel.

Ich schließ die Augen, leg meine Hände so ruhig wie möglich auf meinen Schoß, die Muskeln zucken und Blitzen im Handrücken. Atmen, ich versuch zu atmen, doch nur tote Luft kommt in die Nase. Ich bekomme keinen Sauerstoff! Die Hitze wird unerträglich; der Schweiß tropft mir von der Stirn, die Kleidung klebt an meiner Haut. Je stärker ich dagegen ankämpfe, desto schlimmer wird es. *Lass los, wehr dich nicht.* Meldet sich die Stimme in meinem Kopf. *Du kannst nicht gewinnen.* Ich bekomme keine Luft, als wäre ich in einem Vakuum oder unter Wasser. Ich fühle mich wie ein gestrandeter Fisch, auf dem die Sonne brennt. Die Hände krallen sich um meine Knie. Alles dreht sich; mir wird's schlecht. Ich muss hier raus. Ich muss hier raus!

Der Saal selbst dreht sich, alles wird schwammig, zieht sich in die Länge, die Türe verschmilzt zusammen mit allen anderen Konturen. Meine schwachen Knie tragen mich kaum durch den Raum, mit jedem Schritt verlier ich den Halt, torkelnd schleppe ich mich durch die graue, sich drehende Masse, auf der Suche nach der Türe. Es fühlt sich an, als würde ich durch einen grauen knietiefen Sumpf waten. Die Gesichter der Menschen verschwinden mit dem Hintergrund; nur noch die leeren, schwarzen Augenhöhlen schauen mich an, wie Totenschädel. Ihre Blicke brennen auf der Haut, ziehen mich aus; nicht meinen Körper, sondern meinen Geist, wissen, was ich denke, was ich fühle, kennen meinen Schatten; sie verurteilen mich, fragen, warum ich noch am Leben bin, zwingen mich in mein Grab.

Ich muss weiter, darf nicht aufgeben. *Lass dich fallen. Lass dich fallen. Lass dich fallen!* Weiter immer weiter, nicht aufgeben. *Du kannst nicht entkommen!* Der Saal wird nicht kleiner, die Totengesichter nicht weniger, die Tür kommt nicht näher, alles wird dunkler. *Gib auf! Gib auf!* Nichts, ich höre nichts, außer die Stimme im Kopf. Mein Herz, es schlägt nicht mehr. Meine Lungen schreien nicht mehr nach Sauerstoff; mein Körper ist ruhig. Bin ich Tod? Liege ich bewusstlos auf dem Boden und all das hier nur eine Nahtoderfahrung? Oder bereits der Weg ins ewige nichts? Nein, solange ich mich bewegen kann, solange ich noch denken kann, solange bin ich auch; solange bin ich nicht tot. Schritt um Schritt aus diesem grauen Sumpf entkommen; vorbei an den blassen Gesichtern.

Plötzlich durchbricht ein schwacher Strahl aus braunem Licht den dunklen Sumpf. Aus dem braunen Licht erkenne ich nur eine gleichfarbige schwimmende Masse, braunem Wasser gleich. Das ist die Tür, der Ausgang. Ich mobilisiere meine letzten Kräfte und hechte auf die Tür zu; strecke die Hand aus, die schon bald einen Widerstand erfährt. Mehr als diesen Widerstand spüre ich nicht, keine Temperatur, keine Konturen und nicht die Beschaffenheit; ich habe keinen Tastsinn. Ich kämpfe mich durch die Tür und höre, wie sie hinter mir zuknallt. Zeitgleich strömt Sauerstoff durch meine Nase in die Lunge, der Flur wird mir als solcher erkenntlich, Schweiß tropft aus jeder Pore; ich bin von den Toden zurückgekehrt. Die Waden und Knie zittern vor Erschöpfung, die Augen tränen, das Herz schmettert in der Brust und pocht in meiner Schläfe, die Hände zittern krampfhaft. Ich muss mich ausruhen, jedoch nicht hier, nicht, dass noch jemand aus dem Saal rauskommt und mich so sieht. Schwer atmend, mit zementschweren Beinen, suche ich die Toiletten auf.

Ich wasch mir den Schweiß vom Gesicht. Aus dem Spiegel schaut mich ein alter Mann an, der mit seinem Leben abschloss. Ungesund, krank, tot, so schau ich aus, das bin ich; eine wandelnde Leiche. In mir herrscht kein Leben mehr, nur noch eine leere Hülle, die zum Sterben zu feige ist. Ich verliere den Kampf. *Du hast ihn verloren.* Ich setze mich in einer Ecke, den Rücken an die Wand gelehnt, schließ die Augen und genieße die Stille. Mein Körper hat sich noch nicht beruhigt, die Hände beben leicht, das Herz schlägt arrhythmisch und laut. Warm fließt das Blut durch meinen Körper, zwingt die müden und erschöpften Zellen zum Weiterleben. Es könnte so schnell gehen, es kann so leicht sein; und trotzdem bin ich noch immer hier, lebe ein sinnloses Leben, dessen Ende bereits bekannt ist. Nur ein letzter Moment des Mutes, nur eine Bündelung aller Kräfte und es wäre vorbei, für immer und ewig. *Schnell und schmerzlos. Der Tod schmerzt nicht. Der Tod ist die Befreiung allen Schmerzes und Leidens.*

Eine Träne läuft kitzelnd meiner Wange runter. Diese Träne folgen viele weitere; weinend breche ich auf dem Boden zusammen. Ich bin in diesem Loch gefangen, aus dem es keinen Ausweg gibt; der Schatten hat mich fest in der Hand. Ich bin zu schwach, um mich aus diesem Loch zu befreien, zu schwach, um gegen den Schatten anzukämpfen; er hat gewonnen. All die Jahre, all die Kämpfe zermürbten mich, raubten mir die Kraft, meine Lebensenergie; jetzt bin ich an einem Punkt angekommen, in der ich keine Ressourcen mehr aufbringen kann. Ich habe verloren, ich bin verloren. Zum ersten Mal wird mir meine Situation bewusst. Ich schäme mich, für meine Schwäche, für meine Kapitulation, für den Sieg des Schattens. Ich schäme mich, dass ich in jedes Grab, in jedes Erdloch, freiwillig springen würde, um mich vor der Welt zu verstecken, um mein eigenes Antlitz nicht weiter sehen zu müssen. Dunkelheit, Leere, Finsternis, Tod, wo seid ihr, wo sind eure Arme, die ihr nach mir streckt, um mich zu verzehren? Ihr verfolget mich, jagtet mich, verfluchtet mich, spieltet mit mir; und jetzt, jetzt schaut ihr zu, wie ich leide und elendig zugrunde gehe; wie ich hier auf dem Boden zusammenbreche, heulend, schluchzend und klagend. Fort seid ihr, fort. Ließet mich allein, wie alle anderen, allein mit meinen Qualen. Es gibt keine Hoffnung mehr, keine Erlösung, nur noch die Niederlage, die Schande, den Tod. *Es liegt in deiner Hand, in deiner Hand. Beende es. Beende es. BEENDE ES!*

Mit einem stechenden Schmerz in der Brust liege ich in einer Tränenpfütze, schluchzend und heulend. Die Stimme, der Schatten, schreit in meinem Kopf; das Echo hallt freudig erregt durch meinen Schädel. Es feiert seinen Sieg, seinen endgültigen Sieg über mich. Ich bin am Ende und werde durchs weiterleben bestraft.

Ich richte mich auf und lehne meinen Kopf zurück an die Wand; noch immer laufen Tränen meinem Gesicht runter. Der Schmerz in der Brust wird intensiver, zusätzlich entsteht ein Druck, der meine Innereien nach außen presst. Ich fühl mich wie abgestochen und gleichzeitig aufgebläht; wie ein Luftballon, in dem eine Nadel steckt und doch nicht platzt. Wie ein Toter, der nicht stirbt und in einer lebenden Welt wandert, in der er nicht hingehört; ein Toter, der nicht sterben möchte. Ich versuche meinen Kopf von jeglichen Gedanken und von der Stimme zu befreien, an nichts zu denken, einfach nur da sein, in diesen Raum, in diesen Moment. Versuche den Schmerz zu ignorieren. Meinen Körper die nötige Zeit geben sich zu beruhigen. Ich entferne mich von meinem Körper, spüre meine Glieder nicht mehr, der Herzschlag verstummt, der Schmerz und der Druck lassen nach. Sanft atme ich ein und aus. Alles um mich herum verschwindet, die innere Leere weicht einer Ausgeglichenheit. Eine Ruhe kehrt in mir ein; diese Ruhe folgt einer Zufriedenheit. Einer Zufriedenheit, wie ich sie schon lange nicht mehr verspürte. Sie gibt mir Kraft, Zuversicht, den Kampf doch noch zu gewinnen und dass dies nichts weiter als eine verlorene Schlacht gewesen ist, eine unbedeutende Niederlage. Ich bin mit mir zufrieden, nicht glücklich, aber zufrieden.

Ich stehe vom Boden auf, wasche die Tränen und den

Schmutz der Trauer vom Gesicht. Aus dem Spiegel erblickt mich ein vollkommen anderer Mensch. Keine lebendige Leiche mehr, die auf ihr Grab wartet, sondern ein dem Leben zugeneigten Menschen, der zuversichtlich und stark genug ist, gegen alle Herausforderungen des Lebens anzutreten. Eine Person, die zwar nicht gewinnen kann, doch zumindest selbst entscheidet, wann und wie sie verliert. Ich habe es geschafft, für heute. Und wenn ich es heute geschafft habe, kann ich es immer wieder schaffen; vielleicht gelingt mir das Meisterstück und besiege den Schatten endgültig. Nein, soweit sollte ich nicht gehen, den Schatten werde ich niemals endgültig besiegen; er ist ein Teil von mir, das war er schon immer und wird es immer bleiben, ich werde einen Weg finden müssen, mit ihm zu leben oder eines Tages an ihm zugrunde gehen. Es gibt keinen Sieg, nicht für mich.

Ich breche den Gedankengang ab und verlasse die Toilette, nicht dass der Schatten dies ausnutzt und zurückkehrt. Vor dem Saal haben sich die Menschen versammelt; Dominik und Hannah nehmen kleinere Geschenke und Glückwünsche entgegen.
Die Trauung habe ich wohl verpasst; ein Umstand, der mir nicht besonders leidtut.

„Martin, wo warst du denn?", fragt mich Dominik.

„Auf dem Klo", antworte ich mit fester Stimme.

Von meinem Anfall, von meinem klagenden Geheul gibt es keine Anzeichen mehr, die Stimme klingt ein wenig zu lebhaft.

„Die ganze Zeit?"

„Ja, wieso? Wie lange war ich weg?"

„So um die halbe Stunde. Sollst ziemlich bleich gewesen sein und wie betrunken nach draußen getorkelt sein. Alles in Ordnung?"

„Ich soll so lange weg gewesen sein? Mir kam es vor wie fünf Minuten."

Eine unangenehme Stille entsteht. Wir schauen uns tief in die Augen, um den anderen zu verstehen; wie bei einem Fremden, den man in der Stille und von weitem mustert.

„Ist bei dir alles in Ordnung?", fragt Dominik erneut nach, diesmal schärfer.

„Ja, alles in bester Ordnung.", ich habe diesen Satz zu stark betont. „Und bei dir, ist bei dir alles in bester Ordnung? Hast deine Herz aller Liebste gar nicht angeschaut. Warst die ganze Zeit damit beschäftigt, deine Nervosität zu verstecken.

„War das so offensichtlich?"

„Für mich zumindest. Die sind ihre Blicke, die sie dir zuwarf und ihr Lächeln komplett entgangen? Hast was verpasst." Dominik grunzt leise vor sich hin.

„Du weißt ja, wenn irgendetwas ist, kannst du jeder Zeit mit mir darüber reden." Er durchschaut meine Lüge.

„Danke, wird nicht nötig sein. Ist der Zirkus beendet oder kommt noch was?"

„Wir gehen noch etwas essen. Du musst mitkommen,

hab dir ein Platz neben mir reserviert; jetzt hast du keine Ausrede mehr."

„Du weißt doch, ich erfinde immer eine neue Ausrede."

„Diesmal nicht. Du kommst; musst dich ja nicht mit den Leuten hier Unterhalten. Die sind so wie so viel zu sehr mit sich selber beschäftigt."

„Hab ich gemerkt. Keiner hat mir geholfen, als ich wie geisteskrank durch den Saal lief und den Ausgang nicht fand; nicht dass ich etwas anderes erwartet hätte." „Was ist überhaupt passiert?"

Hätte ich nur die Klappe gehalten. Zu meinem Glück taucht das Ehepaar, das neben mir saß, wie gerufen auf und lenkt ihn für mich ab. Ich schleiche mich derweil nach draußen und gehe nach Hause; ziehe mich zurück in meine Einsamkeit, zurück in meiner stillen, menschenleere Umgebung.

Spät stoße ich zum Hochzeitsessen. Der Raum ist gefüllt mit lauten Gesprächen, die alle um die Vorherrschaft kämpfen. Das Buffet wurde bereits geplündert; nur ein kleiner Rest schaut vorwurfsvoll in die Runde. Keiner schenkt mir seine Beachtung oder Aufmerksamkeit, für die Gäste ist es einerlei, ob ich da bin oder nicht. Ich kann ihnen keinen Vorwurf machen, ich gehöre nicht hier her, nicht in diese Gesellschaft, nicht unter Menschen.

Ich habe gelernt, mit der Ablehnung umzugehen, allein zu sein, für mich da zu sein. Menschen, egal von welcher Gesellschaft, kommen nicht mit mir klar, und ich nicht mit ihnen. Musste stets allein meine Kämpfe ausfechten, allein für mich kämpfen. Menschen wollten nie helfen, haben sich nie für einen interessiert, kämpften gegen mich. Sie lehnten mich nicht nur ab, sie halfen auf jeder erdenkliche Weise meiner Depression, den Kampf gegen mich zu gewinnen. Mit ihren Sprüchen und Worten, ihrer Ignoranz und Ablehnung, schlugen sie mich zu Boden, raubten mir Kraft und Energie; „stell dich nicht so an!", „so schlimm wird es nicht sein.", „Jeder ist mal scheiße drauf." Sätze und Sprüche aus Unvermögen und Verständnislosigkeit; und der Schatten lachte in meinem Kopf. Ich war allein, immer allein, allein mit meinen Kämpfen, allein mit meinen Siegen und Niederlagen; damals war ich allein und hier bin ich allein, und nichts wird's sich ändern; allein werde ich sterben. Ich habe vorhin alleine einen Weg nach draußen gefunden, alleine den depressiven Überfall überwunden; während ihr auf euren Plätzen hocktet und mich ansah, aus euren bleichen Gesichtern und den pechschwarzen Augenhöhlen; wie Totengesichter. Ich brauch euch nicht, und ihr braucht mich nicht. Ich gehör nicht hier her; was mach ich dann hier?

„Martin, hier rüber."

Durchbricht eine Stimme den Lärm; gerade als ich drauf und dran war zu gehen. Die Stimme konnte nur einem gehören. Dominik sitzt allein in einer Ecke, schaut mich erwartungsvoll an. Seine bessere Hälfte flitzt durch die Menge und unterhält die Gäste.

„Du kommst spät. Das Buffet ist bereits alle."

„Ich habe kein Hunger."

„Jetzt sag mal, was war vorhin los?"

Was mit mir los war? Meine Depression übermannte mich, überrollte mich, nahm die Kontrolle über mich, ließ mich klagen, flehen, meinen Tod herbeisehnen. Zog mich runter, immer tiefer hinab in sein Loch, in mein Grab. Ließ meinen Körper zittern, mein Herz tanzen, den Schweiß von meinem aufgeheizten Körper hinablaufen. Keine Ahnung wie ich so schnell aus dem Loch entkam. Doch das Es hat mich noch fest in seinem Würgegriff; lauert im Schatten, wartet auf den richtigen Moment, spielt mit mir; das spüre ich. Ich habe diese eine Schlacht nur gewonnen, weil das Es mich gewinnen ließ. Es war nur ein Testkampf, eine gewaltsame Aufklärung, um meine Kräfte und meinen Willen zum Widerstand zu testen; ich habe keine mehr. Ich bin dem Schatten schutzlos ausgeliefert. In der ersten Schlacht brach er meinen Widerstand, rang mich zu Boden, verspottete mich mit meiner falschen Hoffnung, ich hätte ihn besiegt und ich könnte ihn wieder besiegen. Ich bin ihm schutzlos ausgeliefert und er wird mich besiegen. Eines Tages wird er mich endgültig besiegen. Er wird einen Teil von meiner gestohlenen Kraft zurückgeben, nur so viel, wie es für den letzten Akt braucht. Ich bin eine Leiche, die unter den Lebenden wandelt. Das ist passiert.

„Nichts war los. Ich musste nur aufs Klo.", Lüge ich erstaunlich gut, ich könnte mir fast selbst glauben.

Seine Augen verraten mir, dass er mir nicht glaubt. Sie sehen den Schatten hinter meinen Rücken lauern. Wie ein Phantom können nur die Menschen den Schatten sehen, die von ihm zuvor heimgesucht wurden; für alle anderen ist er unsichtbar. Man kennt die Leere, die Lethargie, die Hoffnungslosigkeit, den täglichen Kampf, das flüstern im Kopf, den Selbsthass; man erkennt die Narben, die verlorene Kraft, das geschundene Leben. Alle anderen Vermögen dies nicht zu sehen, vielleicht wollen sie es nicht sehen? Doch jemand, der das gleiche durchmachte, den kannst du nicht belügen, der erkennt dich und deinen Kampf.

In seinen Augen sehe ich die Müdigkeit, die Narben von den Kämpfen, jedoch kein Phantom. Er hat den Schatten überwunden. Seine Augen geben mir auch die Gewissheit, dass wir uns heute das letzte Mal sehen. Sie haben etwas schmerzhaft Bitterliches, etwas, dass einem an Abschied erinnert; als würden sie mir sagen, dass für Dominik ein neues Leben begann, und ich bleib hier zurück, in meinem alten Leben, auf mein Grab zusteuernd. Zuletzt haben sie etwas Versöhnendes; Dominik will die Freundschaft im Guten beenden.

„Ich sehe doch, dass es dir nicht gut geht. Du bist zu lebendig, zu gut drauf. So bist du nicht. Du weißt, du kannst mit mir über alles reden."

Ich wende mich von ihm ab und lausche die Gespräche der Gäste. Die Gespräche drehen sich um Geld, Arbeit, Familienleben mit deren Problemen und

Konflikten. Es sind Geschichten, die keinen hier interessiert, Bagatellen. In zwei Stunden haben alle schon vergessen, was der eine dem anderen erzählte, und doch sitzen sie alle hier, unterhalten sich lautstark miteinander und heucheln gegenseitiges Interesse. Sie alle hier sind falsch, spielen eine Rolle, geben sich als Menschen aus, die sie nicht sind und nie sein werden. Und weil das die Höflichkeit verlangt, heucheln sie ihr glauben an das gesagte, heucheln ihr Interesse, ihre Anteilnahme an Menschen, die sie nur einmal im Jahr sehen und für ihr privates Leben keine Rolle spielen. Sie lügen sich alle ins Gesicht, mit ihren langweiligen Geschichten von ihrem langweiligen Leben, die hier niemanden interessiert.

Es hat lange gebraucht, bis ich merkte, dass Menschen sich immer besser darstellen, als sie wirklich sind, im sozialen Umgang immer in einer Rolle schlüpfen, für die sie trainieren und über Jahre hinweg perfektioniert haben. Niemand interessiert sich für einen, hilft einem mit seinen Problemen, alles ist gelogen und geheuchelt. Sie benehmen sich so, weil das die Gesellschaft so verlangt und weil sie sich Vorteile von einem erhoffen. Solange sie Mitgefühl, Verständnis und Anteilnahme heucheln, können sie noch auf einen Vorteil hoffen. Wenn man diesen Menschen zwei Stunden später fragt, was einen bedrückt, wissen sie nichts mehr, von dem, was man ihnen erzählte. Sie haben nicht vergessen, sondern nie zugehört; betrifft ja nicht ihr Leben. Sie können nicht miteinander ehrlich sein, sie müssen einander anlügen, um die Ordnung und das Sozialverhalten zu wahren; jeder verlangt die Lüge und das heucheln, niemand will die Wahrheit hören, niemand will das widerliche Gesicht ihrer Maskerade sehen. Schmerzlich musste ich alles erfahren und lernen.

„Depression ist auf dem Vormarsch, die neue Modeerkrankung. Plötzlich glauben alle, sie hätten Depressionen, haben alle einen an der Waffel. Alle Arbeitsfaule Menschen, die Assis. Wollen auf Krankenschein ein faulen Lenz schieben. Ihnen geht es ein paar Tage dreckig, zack, muss Depression oder Burnout sein. Die Krankenkassen zahlen und zahlen, damit die daheim sich schöne Wochen und Monate gestalten können. Alle in einen Sack stecken und ab ins Arbeitslager, dort können sie gern depressiv sein. Wer nicht spurtet gleich hinten mit dem Knüppel druf. Warum bringen die sich nicht alle um, wenn sie so depressiv sind. So wie der eine, dem die Krankenkasse die Zahlung verweigerte und seine Therapie selber zahlen musste, hat sich gleich auf dem Dachboden aufgehängt. Sollen sie sich alle umbringen, sie haben keine Depressionen mehr und uns liegen sie nicht auf der Tasche. Doch für Selbstmord reicht die Depression natürlich nicht. Keiner wird sie vermissen."

Schnapp ich ein Gespräch einer Ärztin auf. Ihre Zuhörer nicken und grinsen arrogant, von ihrer Sonnenseite hinüber ins Reich der Schatten. Diese Aversion, dieses nicht verstehen, ist genau das, was ich meine. Sie verstehen nicht, wissen nicht, wie es ist mit einer Depression zu leben, gegen den Schatten anzukämpfen, sich den Tod wünschen und von Selbstmordgedanken geplagt zu sein, leer zu sein; wissen nicht, wie es ist, wenn jede Bewegung, jede Aktivität, alle verfügbaren Kräfte erfordert; wissen nicht, wie es ist, von einer Depression ausgezehrt zu werden. Und doch sind sie da, maßen sich an, über Depressive lustig zu machen, mit ihre arroganten Grinsebacken, wünschen ihnen den Tod. Lachen über die Schicksale der Menschen; wahrscheinlich halten sie sich noch für gute Menschen, schließlich trifft es keine Falschen.

Wehr dich. Schlag zu. Die Stimme kehrt zurück und wirft mich ins Loch. Ich bin nur noch angewidert von dieser Gesellschaft, wie sie lachen, wie sie reden, wie sie sich gegenseitig anlügen und mit langweiligen Gesprächen auf die Nerven gehen. *Sie hassen dich, wollen deinen Tod.* Einsam, unter all den Menschen fühl ich mich einsam; sonst nur gähnende Leere. Wäre ich nur früher gegangen; jetzt fehlt mir die Kraft zur Flucht und muss mir ihren Spott, ihren Hohn über mich ergehen lassen.

„Wie schlimm kann schon eine kleine Trauerphase sein? Mir geht's auch mal scheiße, steh' trotzdem auf und geh zur Arbeit. Sind doch alles Faule. Wenn es ihnen wirklich so schlimm geht, warum bringen die sich nicht alle um?"

Gelächter, wieder Gelächter. Die Stimme, ihr Lachen,

bohrt sich in mein Herz, zieht den Boden unter den Füßen weg, falle ins schwarze Nichts. Verschiedene Gedanken kreisen mir durch den Kopf, in einigen sehe ich mich, wie ich meine Meinung über ihr Gespräch und deren Charakter sage; in anderen sehe ich, wie ich mich selbst umbringe. Ich habe keine Kraft, weder um mich zu wehren noch um länger hierzubleiben und deren naiven Verachtung weiter über mich ergehen zu lassen. Ich muss hier raus. Ich steh auf, leise und kraftlos. Zum zweiten Mal muss ich die Flucht ergreifen, von einer Gesellschaft, die ich nie wiedersehen werde. Die Stimme der Ärztin und das Gelächter der Zuhörer verfolgen mich bis zum Ausgang; zeigen mir deutlich, wie sehr die Menschen mich verachten, verabscheuen, wie fremd ich unter ihnen bin.

Draußen scheint die Sonne unter einem strahlend blauen Himmel. Das schöne Wetter fällt mir zum ersten Mal auf. Ich schlendere durch die Straße, meine schwachen Knie zittern; trotz der Sonne frier ich. Mir ist kalt ums Herz, die Leere umfasst meinen ganzen Körper, ist allgegenwärtig. So lauf ich durch die leeren Straßen, wie ich mein ganzes Leben bestritt, allein, hoffnungslos und leer, einen ständigen Kampf ausfechtend; einen Kampf, den ich am Ende verlieren werde, den ich bereits verloren habe; am Ende wartet nur der Tod. Ich werde niemanden von der Feier je wiedersehen und niemand von ihnen wird sich an mich erinnern. Selbst Dominik wird mich irgendwann vergessen, dann bin ich nur eine ferne Erinnerung aus einem längst verstorbenen Leben, aus einem Kapitel, in das er nie wieder blicken möchte. Ich bin nicht Mal eine Randnotiz für deren Leben. Die Gäste, die Menschen, sie sehen mich, sehen meinen Kampf und sind doch nicht bereit zu helfen; im Gegenteil, ich bin für sie nur ein Ärgernis, ein Störenfried für ihr Paradies, jemand den sie um jeden Preis meiden müssen, jemand, über den sie sich lustig machen, dessen Tod fordern. Niemand war da, niemand wird da sein und niemand wird kommen, um zu helfen, um der Trauerpartie ein Ende zu setzen. Am Ende werde ich so sterben, wie ich gelebt habe, allein und ohne jegliche Bemerkung. Wahrscheinlich könnte ich hier auf der Straße unter dem Sonnenschein sterben, an einem Herzinfarkt oder gleich von der Brücke gesprungen, und keiner wird's sich um mich kümmern, sie werden alle vorbeilaufen, weiter ihr Leben leben, mich als die Trauergestalt des Lebens gar nicht beachten; und die, die auf meine verrottenden Überreste blicken, werden diesen Anblick aus ihrem Gedächtnis tilgen. Keine Fragen, warum hat er sich umgebracht, was war das für ein Schicksal, was war das für ein Mensch?

Nein, sie werden einfach weiterlaufen, ihr Leben weiterleben, ihre Träume und Hoffnungen stur weiter verfolgen, bis sie scheitern, bis es zu spät ist und merken, wie sich ihr eigenes Leben gegen sie richtet. Doch dann ist es zu spät. Sie haben ihr Leben verschwendet, mit Träume und Ziele die sie nie erreichen können; sie sehen die Sinnlosigkeit ein und werden unglücklich, fangen an, sich selbst zu hassen; doch beenden können sie es nicht. Die meisten sterben mit 40 doch werden erst mit 70 begraben. Ihre Leben sind festgefahren, ihre Entscheidungen umschlingen sie wie ein Gefängnis, aus dem sie nicht flüchten können. Fürchten sich vor Veränderungen, die ihre Entscheidungen und Kämpfe zunichte machen, und gleichzeitig verachten sie ihr Leben und den Weg, den sie gegangen sind. Sie sind Gefangene ihrer Entscheidungen und das Leben ist ihr Gefängnis.

Die Straße führt mich zu einem kleinen Pfad, außerhalb des Ortes. Der Weg schlängelt sich durch eine ungepflegte Wiese. Ein Wald erstreckt sich dahinter; wie eine Gefängnismauer stehen die Bäume, als wollten sie mir sagen, *ich komme hier nicht raus, es gibt kein entkommen.* Nur ein paar Jogger und Menschen mit Hunden kommen mir entgegen. Die Jogger können so viel rennen wie sie wollen, den Tod entkommen sie nicht; manche sterben gesünder. Ansonsten ist der Weg ruhig. Schmetterlinge fliegen durch die Luft, Vögel landen auf der Wiese und Katzen legen sich auf die Lauer. Der Wald fesselt meinen Blick, bald laufe ich direkt auf ihn zu, quer durch die Wiese. Ein Vogel fliegt erschreckt davon, eine Katze springt mit einem Fauchen aus ihrem Versteck. Der Wald ruft mich zu sich und ich bin zu schwach, um den Drang zu widerstehen.

Ich tauche hinab in den Wald. Wie ein Atemzug des Waldes, weht mir ein kühler Luftzug entgegen. Gerüche nach blühenden Blumen und Früchten, nach leben, schweben durch die Luft. Meine Knie zittern nicht mehr, mein Herz liegt nicht mehr schwer in meiner Brust, die Leere kriecht langsam aus meinem Körper; eine schwere Last fällt mir von der Schulter; eine Last, die ich erst jetzt verspüre, nachdem sie fort ist. Nach der schweren Last zieht die Erschöpfung bei mir ein. Die heutigen Kämpfe, die Überwindungen, haben meine gesamten Kräfte verzehrt. Ich fühl mich, als hätte ich tagelang nicht geschlafen. Ich schleppe mich durch den Wald, atme die wohlriechende Waldluft ein, die meine Müdigkeit nur verstärkt. Ich sollte umkehren, nach Hause gehen und Schlafen. Doch ich bin zu kraftlos, um gegen den Drang, tiefer in den Wald hineinzusteigen, anzukämpfen; so gebe ich ihm nach, laufe Meter um Meter zu einem mir unbekannten Ziel. Die Vögel begleiten mich mit Gesang. Die Sträucher streicheln mir über die Arme, heißen mich willkommen und zeigen mir den Weg. Gleichzeitig wird jeder Schritt schwerer, die Augen fallen zu, wie hypnotisiert laufe ich durch den grünen Dschungel. Ruckartig verliere ich den halt und finde mich am Boden wieder. Ich bin über eine Wurzel gestolpert, die ich in meinem Halbschlaf übersah. Unfähig aufzustehen lehne ich mich gegen den Baum und schaue hoch zum Blätterdach, wie die Sonnenstrahlen sich einen Weg durch die Baumkronen bahnen, der Wald erstrahlt in einem grün-goldenes Licht. Ich habe kein Gefühl in meinem Körper, wie gelähmt liege ich vor diesem Baum; mit der seltsamen

Gewissheit, dass ich angekommen bin, fallen mir die Augen zu und schlafe ein.

Es ist Nacht. Ich bin auf einem einsamen Grundstück, der Rest wird von der Dunkelheit verschleiert. Doch ich bin nicht ich; mein grüner Körper hat die Form eines eigenartigen Reptils. Vor mir steht ein alter Brunnen, mehrere Eimer liegen neben ihm. Der Brunnen gehört einem alten Gebäude, dessen hölzerne Wände verfaulen; Maden und Würmer kriechen in den Ritzen, ernähren sich vom sterbenden Körper, wie mein Schatten sich von mir ernährt.

Ich gehe auf den Brunnen zu und befülle die Eimer mit Wasser, ohne zu wissen, wofür ich das Wasser brauch, ich weiß nur, dass ich das tun muss. Mit meinen grünen Reptilienhänden schleppe ich die Wassereimer ins Gebäude hinein. In der Mitte verläuft ein ausgetrocknetes Flussbett; im grün-braunen Morast tummeln sich die Maden, Spinnen, Kakerlaken und anderes Kriechvieh. Am Ende dieses Flussbettes steht ein hölzernes Wasserrad. Steine pflastern den Weg zum Rad. *Wo bin ich hier*?, stelle ich mir die Frage, während ich instinktiv zum Rad laufe. Der Gestank nach Fäulnis und Verwesung wird mit jedem Schritt schlimmer; das Gebäude ist schon lange Tod, hat schon lange ausgedient, und doch muss ich hier sein.

Am Rad stell ich die Eimer ab und drehe es vorsichtig; klagend heult es unter der Bewegung auf, doch es hält. Ich gieße den ersten Eimer über die Speichen. Das Rad dreht sich halb rum, dann kommt es mit einem lauten Seufzer zum Erliegen. Ich beobachte, wie das

Wasser sich einen Weg durch den Morast bahnt, die Tiere aus ihren Verstecken treibt, wie sie panisch auf den steinernen Boden herumrennen, auf der Suche nach einem neuen Versteck. Doch das Wasser kommt nicht weit, allzu dick ist der Schlamm, als dass es sich nach draußen freikämpfen könne. Ich gieß die restlichen Eimer schnell hintereinander auf die Speichen. Das Rad ächzt unter der ersten Belastung nach so vielen Jahren des Stillstands. Die Bewegung hält jedoch nicht lange an, mit dem letzten Tropfen Wasser schweigt auch das Rad. Der kleine Teich versickert im Morast, flieht vor dem Elend.

Ich gehe zurück zum Brunnen, befülle die Eimer und versuche das ganze erneut. Gieße das Wasser abwechselnd langsam und schnell über das Rad, versuche es konstant in Bewegung zu halten. Doch auch dieses Mal bleibt es mit dem letzten Tropfen stehen. Das Wasser versickert abermals im Schlamm. Ich versuch's erneut, befülle die Eimer und gehe zurück zum Rad. Diesmal lasse ich das Wasser langsam und gleichmäßig über die Speichen laufen, auf dass es sich eindreht und genügend Energie speichern kann, bis ich die nächsten Eimer hole. Doch wieder kommt es zum Stillstand. In einem kleinen Bach fließt das Wasser aus dem hölzernen Wrack hinaus, hinaus in die Dunkelheit, wo es endgültig verschwindet.

Ein neuer Versuch. Ich schütte das Wasser schnell und mit all meiner Kraft über die Speichen, auf das ich genügend Kraft hineinbekomme, damit es sich dreht.

Auch diesmal scheitere ich. Ich weiß nicht einmal, warum ich das Rad am Laufen halten muss, es kurbelt nichts an, ist an nichts verbunden, und doch muss ich es hinkriegen. Ich muss es solange probieren, bis ich endlich Erfolg habe. In meiner Verzweiflung werde ich immer schneller, hektischer. Ich renne raus zum Brunnen, werfe die Eimer hinein und zieh die Eimer raus, renne mit ihnen zum Rad und schmeiß das Wasser auf die Speichen. Bald unterstütze ich das Wasser mit meinen Händen, doch immer, wenn der letzte Tropfen die Speichen verlässt und ich vom Rad ablasse, bleibt es stehen, als hätte es sich nie bewegt.

Inzwischen hat sich ein regelrechter Fluss gebildet, der den Morast und unglückliches Getier in die Dunkelheit trägt; doch auch dieser Fluss vermag nicht das Rad anzukurbeln. Ich scheitere, egal was ich versuche, ich scheitere immer wieder. Meine letzte Hoffnung besteht darin, den Fluss weiter mit Wasser zu füllen, auf das er die Speichen in Gang setzt. Ich schütte das Wasser direkt ins Flussbett hinein, ohne Zeit mit dem Rad zu verschwenden. Je mehr Wasser ich in den Fluss kippe, desto reißerischer fließt er in die Dunkelheit; sein plätschern am Stein erfüllt den ganzen Raum. Ich füttere den Fluss bis er über den Rand des Flussbettes schwappt. Das Rad versinkt bis zur Hälfte im Wasser, und doch bewegt es sich keinen Zentimeter.

Ein letztes Mal fülle ich die Eimer mit Wasser und trage sie zum Rad heran. Langsam fließt das Wasser auf die Speichen, versetzt das Rad in Bewegung, der Fluss schreit spöttisch auf. Das Wasser fließt mir um die Füße, verteilt sich im ganzen Raum; das feuchte Holz stöhnt unter seinem Gewicht, die Spinnen und Insekten ergreifen panisch die Flucht. Nach dem letzten Eimer, dem letzten Tropfen, streikt das Rad erneut. Der Fluss kann das Rad nicht am Laufen halten. Schlimmer noch, der Fluss ist bis auf die Hälfte geschrumpft; hat sich entweder im Raum verteilt oder floss hinaus in die Finsternis. Meine ganzen Bemühungen, meine ganzen Anstrengungen, alles war umsonst, alles vergebens. Mit meiner letzten Kraft treibe ich das Rad mit meinen Händen an, auf das es sich endlich von selbst dreht.

„Kannst du nicht mal ein Wasserrad betreiben?", meldet sich eine Stimme von der Seite. Ich drehe mich um und sehe SIE, das Mädchen aus dem anderen Traum. Sie liegt auf einer Couch und schaut über ihr Buch zu mir hoch; in ihrem Blick spiegelt sich die Verachtung der Welt. Ich schau sie an und frage mich, wie kann eine so liebliche Stimme so verächtlich klingen, ein so schönes Mädchen die Verachtung kennen? Wir schauen uns nur an, sie mit ihrer Fratze der Verachtung und ich mit meinem gebrochen, schmerzerfüllten Gesicht. Ich brauch keinen Spiegel, um zu sehen, wie erbärmlich ich aussehe.

Das Gebäude hat sich geändert, braunes Parkett ziert den Boden, die verfaulten Holzwände wichen einer dekorierten, gut gepflegten Wand, Sonnenstrahlen hüllen den Raum in einem lebendigen Braun. Das

Flussbett und das Rad verschwanden. Im Garten winken in voller blühte die Sommerblumen. Nichts deutet auf meine Bemühungen, auf meinen Kampf hin; es gab sie nicht, ebenso wenig wie es die verfaulte Hütte je gab. Ich gehe einen Schritt auf das Mädchen zu.

„Was kannst du überhaupt?", weist sie mich zurück.

Sie steht auf, wirft mir einen letzten Blick der Abscheu zu und löst sich langsam im braunen Licht auf, bis sie ganz verschwindet. Ich suche den Weg zurück in meine Welt, zurück in die alte Hütte, in der es nach Fäulnis und Verwesung stank, zurück zum Flussbett, aus dessen Morast die widerlichsten Tiere ihre Heimat haben. Doch vergebens, meine Welt gibt es nicht mehr. Ich bin umgeben von diesem Wohnzimmer, von dem braunen Parkett, dem gelben Sonnenlicht und den Bildern von Menschen aus meiner Vergangenheit. Gefangen im eigenen Gefängnis, aus dem es keine Flucht gibt. Die Blumen im Garten wie Stacheldraht, die sichergehen, dass ich nie mehr rauskomme, nie mehr zurück in meine Welt finde. Ich wurde aus meiner Welt in die ihre gezogen, in der ich nicht hingehöre, in der ich abgelehnt werde; und doch unfähig, zurück in meine Welt zu finden. Wie ein verlorenes Kind irre ich umher, ziellos, kraftlos. Erschöpft setze ich mich aufs Sofa; die Sonne verbrennt mit den Rücken. Das Licht zieht sich zurück; die Dunkelheit zieht ein. In der Ferne höre ich ein Wasser plätschern. Vor mir taucht das Rad auf, verfault und mit Rissen übersäht. Ich steh auf, laufe

am Rad vorbei, laufe aus dem Haus und begrüße die
Dunkelheit.

Ich wache auf; eine Träne schleicht sich meiner Wange runter. Es ist bereits Nacht, ein blasser Mondschimmer schwebt durch den Wald. Meine gelähmten Glieder lassen sich nur schwer bewegen. Ein Schrei hallt durch den dunklen Wald. Ich will aufstehen, doch meine Glieder sind noch zu verschlafen. Ein weiterer Schrei, diesmal näher. Der Schrei klingt nicht von dem eines Menschen, sondern von dem eines Dämons. Plötzlich starren mich blutrote Augen aus der Dunkelheit an, die von hoch oben aus dem Bäumen hervorleuchten. Kalter Schweiß läuft mir den Rücken runter und ich renne los; ohne Ziel und ohne Orientierung, nur weg von diesen roten Augen. Die Beine stampfen schwer auf den Boden, ich habe.

Schwierigkeiten das Gleichgewicht zu halten. Ein weiterer Schrei ertönt hinter mir, kommt näher, verfolgt mich. Ich renne weiter; Dornen und kleine Äste reißen mir die Haut auf. Tote Blätter und Äste krachen unter meine schweren Schritte. Ich orientiere mich im totenblassen Mondlicht, suche den Ausgang des Waldes. Jedoch find ich ihn nicht. Stattdessen schauen graue Bäume auf mich herab, umzingeln mich, halten mich gefangen; hinter mir verfolgen mich die kreischenden roten Augen; die Dunkelheit lacht mir ins Gesicht. *Dies ist dein Grab.* Ich versuche zu flüchten, den Ausgang zu finden, aus meinem Grab zu entkommen. *Warum kämpfen? Du kannst nicht entkommen!* Mein Körper wird schwer und träge, jeder Schritt wird zur Herausforderung, eine Bewegung erfordert all meine Kräfte;

das Es vergiftet meinen Körper, hält mich schwach, will mich leidend sterben sehen. Noch ein letztes Mal kämpfen, einen weiteren Kampf schlagen, ein letzter Sieg erringen. Weitermachen, wie ich immer weiter machte. Ich kann nicht gewinnen, aber ich kann den Schatten seinen Sieg berauben.

Etwas umschlingt meinen Fuß und bringt mich zu Fall. Ich schlag um mich und kriech über den Boden, weg von diesem etwas. Für einen Moment wag ich zu halten und nach hinten zu schauen; das etwas ist eine Baumwurzel. Im fahlen Mondlicht sieht die Wurzel wie eine verstümmelte Hand aus, die nach allem greift, dass an ihr vorbeikommt. Der Schrei ertönt direkt über mir; mein Verfolger hat mich eingeholt. Mit rasendem Herzen dreh ich mich langsam zu meinem Verfolger; die roten Augen starren direkt in die meine, erkunden meine Seele, verurteilen mich; schauen verabscheuend auf mich herab. In ihnen ist eine Frage enthalten: Warum lebst du noch? Eine Frage, dessen Antwort ich nicht kenne. Vielleicht weil ich die anderen Kämpfe immer gewonnen habe; vielleicht aber auch, weil ich zu feige bin, es ein für alle Mal zu beenden. Ich lebe, weil ich noch nicht gestorben bin. Sie sagen mir, ich soll es endlich tun, endlich mein Leben ein Ende setzen; ein Leben, das bereits zu lange lebt, sich selbst überholte, überlebte.

Die Eule kreischt auf mich herab, bekräftigt ihre Aussage, und fliegt davon, hinein in den Schatten, in der sie nichts weiter ist als ein weißes Phantom mit roten

Augen.

Die Bäume umzingeln mich, greifen mit ihren Ästen nach mir. Aus dem Mondlicht formt sich eine durchsichtige Gestalt, die beinlos über den Waldboden schwebt. Der blasse Todeshauch kommt langsam näher, streckt sanft seine Hand nach mir aus. Ihm ist gewiss, dass ich hier nicht wegkomme, gefangen wie ein Tier auf dem Weg zur Schlachtbank. Ich muss weiterkämpfen, raus aus diesem Wald, weg von dieser Erscheinung, doch mir fehlt die Kraft; ich kann nicht mehr. Weitere Tränen rollen mir die Wangen runter. Eine unvorstellbare Kälte durchdringt mich, während die Erscheinung näher kommt. Das Atmen wird schwer. Ich lege mich auf den Rücken, verstecke mich vor dieser Gestalt. Zielsicher kommt sie näher, ein grinsen entstellt sein Gesicht. In der Ferne lacht die Eule; schaut zu, wie ein sinnloses Leben endet. Der Todeshauch türmt sich vor mir auf und reicht mir die Hand. Ich drück mich nach hinten, seine Hand kommt langsam näher, berührt fast mein Gesicht. Wütend schlag ich sie von mir weg.

Gerade als ich seine Hand wegschlagen möchte, fegt der Wind durch den Wald, schüttelt die Bäume, drängt sie zurück auf ihre Plätze, und vertreibt den Todeshauch. Ein Stein weicht mir von der Brust und ich kann wieder atmen; die bedrückende Kälte ist verschwunden. Ich steh auf und schaue in den Wald hinein. Die Blätter tanzen im Wind, die Äste applaudieren. Der Wald erscheint mir jetzt noch befremdlicher, nichts ist dort, wo es sein sollte. Die Bäume schauen nicht auf mich herab, das Mondlicht bildet keine lichte Gestalt, Büsche und Blumen bewohnen dort den Boden, wo vorhin bloß eine kahle Fläche war. Nur die Erschöpfung und der Wille, den Wald so schnell wie möglich zu verlassen, sind geblieben. Ich setze meinen Marsch fort, lasse mich vom Wind treiben. Schreite durch die Blätter hindurch, die sofort um mich herum mit ihrem Totentanz beginnen. Ich schleppe mich durch den Wald, frei von jeder Angst, die mich nach vorne treibt. Ich habe keine Kraft mehr, bin nur noch müde, erschöpft. Es ist, als hätte ich überhaupt nicht geschlafen, als würde ich bereits seit Tagen durch dieses Dickicht laufen. Ich wage es nicht, mich zu fragen, wo ich bin oder wo ich hinmuss. Jeden Zweifel würde meinen Körper dazu veranlassen, auf der Stelle zusammenzusacken und auf den Morgen zu warten. Ich will nicht warten, will nicht länger als unbedingt notwendig hier sein; ich will raus, nach Hause und in mein Bett. Die Tage durchschlafen bis ich nicht mehr erschöpft bin, bis ich endlich ausgeruht bin; den Schatten, meine Depression, einfach wegschlafen. Wenn ich in mein Bett bleibe, wenn ich einfach nur schlafe, kann mir nichts passieren. Ja, ich besiege die Depression ein letztes Mal, indem ich nichts tu. Ich leg mich einfach hin, unterlasse jede Anstrengung, aus diesem Loch zu entkommen. Ich spiel bei seinem Spiel nicht mit, langweile ihn bis er von mir weicht.

Das Mondlicht dringt hell durch eine offene Stelle ein.

Ich lauf auf diese Stelle zu; ein kühler Wind weht mir entgegen. Tatsächlich gelange ich auf die Wiese, über der ich am Nachmittag in den Wald gelangte; der Wind hat mich aus den Wald geleitet. Unter den sternenklaren Himmel scheint der Vollmond auf mich herab, erhellt den Weg, auf den ich kam und auf den ich jetzt zurück-laufe, zurück nach Hause. Der Weg führt mich vorbei an das Restaurant, in dem Dominik und Hannah ihr Hochzeitsessen abhielten. Die Gäste sind schon längst fort, der Raum aufgeräumt, die Lichter aus. Wie dieses Restaurant ist auch mein Leben; einst hell und voller Leute, voller leben, steht es jetzt da, menschenleer und dunkel; umgeben von der Finsternis. Ich verlasse den Ort und weiß bereits, dass ich ihn nie wieder besuchen werde.

Am nächsten Tag sitz ich in meinem Sessel, erhol mich von den letzten Tagen und denke nach. Ich kann den Schatten nicht besiegen. Langsam und schleichend übernahm er die Kontrolle über meinen Körper, meinen Geist, meinen Verstand; wie eine Zecke biss er sich fest und ernährt sich von meiner Schwäche, meiner Hilflosigkeit. Das Loch ist zu tief, der Strudel zog mich zu tief hinab, als dass ich noch entkommen könnte. Ich gab mich der falschen Hoffnung hin, dass ich den Schatten vor Jahren besiegt und gezügelt hätte, ihn in seinen Käfig gesperrt und unter Kontrolle hab. Dabei war dies nichts anders als eine falsche Hoffnung, einer Illusion, der ich mich bereitwillig hingab. Vielleicht war diese Illusion, dieser Glaube einfach schöner als die Wahrheit? Ich wusste schon immer, dass mich der Schatten eines Tages einholt, mich besiegt; ich wurde immer schwächer und schwächer, der Schatten gleichzeitig immer stärker. Der Schatten machte sich diesen Umstand zu Nutze und schlich sich in meinen Verstand ein, vergiftete mich, ohne dass ich ihn bemerkte; und wie ein Virus zeigte er sich erst, als es bereits zu spät war. Von Anfang an hatte ich keine Chance, von Anfang an hatte ich diesen Kampf verloren; zermürbte mich langsam, ergötzt sich an meinem verzweifelten Widerstand, an mein Leiden. Bespuckte und lachte mich über meine falsche Hoffnung aus. Ließ mich von dieser Hoffnung leiten, wie ein unerfahrener 20-Jähriger, der noch voller Enthusiasmus auf sein zukünftiges Leben blickt; ich hätte es besser wissen müssen.

Die 20-Jährigen denken, dass das Leben besser wird, einen Sinn bekommt; da ist aber keiner, und besser wird es auch nicht; da kommt nichts mehr. Mit zwanzig hat ein Mensch so ziemlich alles erlebt, was das Leben so bietet, da kommt nichts mehr. Das Leben hat weder einen Sinn noch einen Grund. Du wirst geboren, du lebst und irgendwann stirbst du, ende, aus und vorbei; das ist das Leben. Das Leben ist nur ein leidvolles Dasein. Die Menschen suchen die Freude in Drogen, Sport und Welten bauen, um ihr ödes Leben einen Sinn zu verleihen. Sie können die Sinnlosigkeit und die Vergänglichkeit ihre eignen Leben nicht ertragen, suchen eine Flucht mithilfe von Glückshormonen oder einem falschen Glauben. Gleichzeitig sind sie zu feige, um ihr Leben zu beenden; schließlich muss das Leben, all dessen Leiden und Schmerzen einen Sinn haben, einen Plan verfolgen, unter der Kontrolle eines höheren Wesens stehen. Da ist nichts, da war nichts und da wird nie etwas sein; nur der Schmerz eines zufälligen Lebewesens, das zufällig auf diesem Planeten geboren wurde.

So planen die jungen Leute ihr Leben durch, wie dieses in zehn, zwanzig Jahren ausschauen soll. Planen, wann sie eine Familie mit wie vielen Kindern gründen, planen, wie sie Firmenchef, Arzt, Politiker oder sonst was werden; und das nur, weil sie denken, dass da Leben dann besser wird, Spaß macht, einen Sinn bekommt. Am Ende kommt es immer anders. Wie viele variable Faktoren gibt es im Leben, die du weder im

Voraus alle kennen noch vorhersehen kannst? Es gibt im Leben nur eine Konstante, den Tod. Ganz egal was du im Leben getan hast, erreichst oder nicht erreichst, am Ende stirbst du. Und mit dir sterben alle deine Erfolge und Misserfolge, alles vergeht, alles wird von der Zeit und vom Tod verschlungen; alles fließt.

Die Menschen denken, sie seien so groß und so wichtig, dass sie das Universum oder die Welt ändern könnten, doch stattdessen sind sie so nichtig und gering, dass sie nicht mal ihr eigenes Schicksal akzeptieren können. Die meisten Menschen werden ihre Illusionen ihr Leben lang nicht abwerfen und einer sich selbst gebauten Lüge hinterherrennen. Und die, die die Wirklichkeit sahen, kamen mit dieser Erkenntnis nicht zurecht, wurden depressiv, alkoholabhängig und brachten sich irgendwann um; so wie es mit mir geschieht. Sie bauen und halten sich an diese Lügen fest, um sich selbst zu schützen. Kann ich ihnen deswegen ein Vorwurf machen? Die Wahrheit zu erkennen und zu akzeptieren ist besser als jede Lüge, mag sie noch so schmackhaft sein. Wenn man das Spiel erkennt, kann man sich nach dessen Regeln ausrichten; auch wenn diese Erkenntnis einen zugrunde richtet; denn zugrunde gehen muss ein jeder. Die schönste Lüge wird einem nicht vor dem Untergang retten, im Gegenteil, je schöner die Lüge war, umso stärker trifft einem die Erkenntnis. Die Erkenntnis schmerzt am wenigsten, wenn man diese nicht mit Lügen und Ausreden verdrängte.

Du bist im Leben immer allein, ganz egal, was die

anderen Menschen zu dir sagen oder wie viele sich um dich Scharen; wenn du wirklich mal Hilfe benötigst, sind sie alle weg. Du bist die ganze Zeit über allein; wirst allein geboren, lebst allein und stirbst allein. Auch bist du nichts besonderes, wirst nichts bedeutendes erschaffen, nichts nach deinem Tod hinterlassen, egal wie sehr du dich auch bemühst. Du bist so ersetzlich und unbedeutend wie jeder anderer auch. Nichts von dir wird verbleiben und niemand wird sich nach deinem Ableben noch an dich erinnern. Ganz einfach aus dem Grund, dass du den Menschen egal bist. Solange du ihnen keinen Vorteil verschaffst, interessieren sie sich nicht für dich. Doch auch dies wollen viele nicht akzeptieren, nicht wahrhaben, und klammern sich an ihre Familie fest, die sie früher oder später verraten werden. Nein, niemand ist, dem du etwas bedeutest, du bist allein, warst es schon immer und wirst es auch immer bleiben.

Ich schüttle die Gedanken ab, befreie meinen Kopf und steh auf, um mir was zu Essen zu machen. Beim schneiden überkommt mich der Selbsthass, der Schatten flüstert in meinen Verstand. Das Messer liegt schwer in der Hand, die silberne Klinge lacht mich freudig erregt an. *Beende es! Tu es!* Ein kleiner Schnitt in die Venen und die Qualen enden; nur ein kleiner Schnitt. Meine Hände zittern, tanzend nähert sich die Klinge meinem Unterarm. Nur ein kleiner Schnitt, nur ein kleiner Stoß an Mut und alles wird vorbei sein; dem langersehnten Ende entgegengehen. *Tu es! Tu es!* Fest umklammere ich das Messer und reiß es von meinem Arm. Noch habe ich die Kontrolle über meinen Körper, noch hat die Depression nicht gesiegt. *TU ES!* Schreit die Stimme in meinen Kopf. Mit einem affektiven Ruck schneid ich mir quer übers Gesicht, dann lass ich das Messer auf den Boden fallen. Der brennende Schmerz zwingt mich auf die Knie, Blut fließt zwischen meine Finger. Ich renne ins Bad, wasche meine Hände und das Gesicht. Die Schnittwunde verläuft schräg von meiner Stirn, über das rechte Auge bis runter zur Wange; eine hässliche, tiefe Wunde; das Blut fließt wie ein Fluss. Ich drücke ein nasses Handtuch auf den Schnitt, mein Körper erbebt unter dem Schmerz. Ich setz mich auf den Boden. Ich fühle nur noch den brennenden Schmerz, das Brandzeichen meiner Niederlage. Bald läuft das Blut durch das Handtuch hindurch. Das Blut umarmt das Handtuch und lässt sich nur unter einem weiteren, stechenden Schmerz von ihm trennen. Die Blutung lässt allerdings ein wenig nach. Mit einem neuen Handtuch begebe ich mich ins Bett und schließe die Augen. Versuche den Schmerz zu ignorieren, der meinen ganzen Kopf erfasst. Langsam weicht jegliches Gefühl von meinem Körper, der Schmerz wird zu einer alten Erinnerung, irgendwo versteckt in den Tiefen meinem Gedächtnis.

Schatten in Form von verschiedenen Tieren und mir unbekannte Figuren springen in einer Lichtreflexion umher. Ich bin an etwas unförmigen und Kaltem gelehnt; Wasser läuft mir den Rücken runter. Meine Hände werden von einer Eisenkette an diesem Etwas festgehalten. Wo bin ich? Ich schau mich um, doch das schwache Licht verbirgt mir die Sicht auf meiner Umgebung. Mein Blick haftet auf die Lichtreflexion, als einzige Lichtquelle in der Umgebung. Die Figuren tanzen um dessen Zentrum. Die Wand, an der das Licht reflektiert, ist eine feuchte Felswand; meine Wand, an der ich lehne, muss ebenfalls eine Felswand sein. Das Geräusch von fallende Wassertropfen hallt durch die Umgebung. Da ist noch ein zweites Geräusch, gleichmäßiger und ruhiger als das fallende Wasser. Es klingt wie das leise Knistern eines Lagerfeuers; und Schritte. Ich muss in einer Höhle sein; in einer Höhle, die von Menschen bewohnt wird; und ich bin ihr Gefangener.

Ich zerre und reiße an der Kette, um mich von dieser zu befreien; doch sie gibt nicht nach. Entlang der Wand hangel ich mich auf meine Beine. Mit voller Kraft hau ich die Kette gegen die Wand. Der ohrenbetäubende Krach füllt die Gänge aus. Die Figuren tanzen weiter um ihr Feuer, als würden sie den Krach nicht hören, den sie zweifellos hören müssten. Ich zerr, ziehe und rüttle an die Schellen, bis sie nach einer gefühlten Ewigkeit nachgeben; krachend fliegen sie zu Boden. Die Figuren tanzen noch immer um ihr Feuer. Ich schleiche den Gang entlang; das Knistern des brennenden Holzes und die Schritte werden lauter; eine kleine Trommel schlägt den Takt. Hinter der Ecke kann ich das Lagerfeuer und die tanzenden Wesen sehen. Es sind keine Menschen, wie ich es dachte, sondern kleine, rote Wesen mit gelb-leuchtende Augen, die wie Menschen aussehen. In den Händen und an den Wänden haben sie verschiedene Figuren von Tieren, Menschen und Gegenstände. Zwei sitzen abseits vom Feuer und schnitzen an genau solche Figuren. In der rechten Wand ist oben eine Öffnung, durch die die Lichtreflexion zu mir durchgedrungen sein muss. Links von mir ist der Ausgang. Die Wesen haben direkte Sicht zum Ausgang; ich habe keine Chance, mich unbemerkt hinauszuschleichen. Sie haben sich vorhin nicht von meinem Krach stören lassen, bin ich ihnen nicht wichtig genug? Wenn ich ihnen wichtig wäre, hätten sie nachgeschaut, warum ich so einen Krach mache, stattdessen tanzen sie hier um ihr Feuer. Warum war ich dann ihr Gefangener? Die Frage kann ich nicht beantworten und die Aufmerksam-keit der Wesen möchte ich auch nicht auf mich ziehen. Ich beachte sie nicht weiter und spaziere hinaus. Nur die Schläge der Trommel begleiten mich.

Draußen erwartet mich ein noch unheimlicheres Bild. Ich bin zurück im Wald. Die Bäume stehen grau, ver-dorrt und abgestorben in der schwarzen Nacht. Der Wind tobt durch den Wald, Regen plätschert herab, Blitze erhellen die Finsternis, Kälte nagt an meiner Haut. Die Trommel schlägt nicht mehr, jetzt schlägt

Thor mit seinem Hammer. Ich dreh mich um, möchte zurück in die schützende, warme Höhle; möchte diesen Wald sofort wieder verlassen. Doch die Höhle ist Weg. Obwohl ich nicht weitergegangen bin, ist die Höhle verschwunden. Da wo der Eingang war, sitzt ein Busch, der provokativ nach mir schlägt.

Ich laufe in den Wald hinein, lasse mich vom Wind und den toten Bäumen leiten. Meine Kleider sind durchnässt, die Kälte durchdringt meine Haut, lässt meine Muskeln, Sehnen und Knochen erstarren. Jede Bewegung wird zur Qual. Und die Bäume kommen immer näher, je weiter ich in den Wald vordringe. Ihr Äste sehen wir drohende Finger aus, die nach mir schlagen würden, wenn sie nur könnten.

Ich schau hoch zum Himmel, der Mond versteckt sich hinter dem Gewitter; es gibt kein Licht, außer die Blitze, die die Finsternis für einen kurzen Moment vertreibt; die Finsternis kehrt jedoch sofort zurück, fordert ihr beanspruchtes Gebiet.

Ich lauf weiter durch den Wald, kämpfe mich durch das Gestrüpp und zwischen den Bäumen durch, die sich mir in den Weg stellen. Von hier gibt es kein Ausgang, kein Ende, kein Ziel. Diesen Wald werde ich nicht verlassen. Ich kämpfe weiter; angetrieben vom Wind und der Wärme, die mir meine Bewegung in der Eiseskälte spendet. Je tiefer ich in den Wald vordringe, umso stärker wehrt sich dieser. Pflanzen und Bäume stellen sich mir in den Weg, schlagen mit ihren Ästen; versuchen mich aufzuhalten. Die Bäume, der Wald, sie leben, ganz im Gegenteil zu ihr Aussehen. Auch der Sturm wird heftiger, die Blitze werden heller, die Donner lauter und der Regen fällt schwerer herab. So irre ich durch den Wald, durch die Finsternis; bahne mir meinen Weg zu einem unbekannten Ziel. Jeder Schritt wird schwerer. Ich halte für einen Moment inne und dreh mich um. Die Bäume versperren mir den Weg; da wo vorhin der Pfad war, auf den ich wandelte, stehen jetzt die Bäume, die Äste einander hakend, als würden sie miteinander Hände halten. Es gibt kein Zurück mehr; mein Weg führt immer weiter nach vorn. Ich setze meinen Marsch fort. Kämpfe mich durch das Gestrüpp, zwischen den Bäumen hindurch, vom Wind getrieben.

Wie aus dem Nichts erstreckt sich plötzlich ein riesiger Baum, dessen Äste beinahe ein Dach über den Wald bilden. Wie die anderen Bäume ist auch er grau und abgestorben. Dort thront der König des Waldes alleine auf dem Felde, mitten in seinem Wald. Die anderen Bäume umkreisen uns, sperren mich mit dem König ein. Unsicher nähere ich mich dem Baum, die Zweige wiegen im Wind. Das Wasser rinnt von den Ästen über den Stamm herab, als weine der Baum. Doch worüber könnte ein Baum weinen? Beim nächsten Blitz sehe ich etwas an einem Ast hängen. Dieses etwas zuckt nervös im Sturm. Ich lauf darauf zu, langsam erkenne ich ein Seil und einen Körper, der am Seil hängt. An diesem Baum hat sich jemand erhängt. Ich weiß nicht, ob ich ihn bemitleiden oder beneiden soll. Bemitleiden, sich an so einem Ort das Leben zu nehmen oder beneiden, die Kraft gefunden zu haben, diese sinnlose Existenz mit all ihrer Leiden ein Ende zu setzen. Ich stehe direkt unter dem Körper; der schwarze Ledermantel und die langen, schwarzen Haare kommen mir seltsam vertraut vor. Ich schau auf diesen Körper, der mir bekannt und zugleich fremd erscheint; als würde man einen alten Bekannten nach etlichen Jahren wiedersehen, dessen Namen einem nicht einfällt. Ein Windstoß lässt seine Haare fliegen, enthüllt mir sein Gesicht; dann erkenne ich ihn. Es ist kein Fremder, der sich dort erhing, sondern ich bin das; ich habe mich dort aufgehängt. Ich Hänge tot von diesem Ast herab, gleichzeitig stehe ich hier unten, vor diesem Baum, und betrachte meine eigene Leiche. Eine innere Kälte lässt mich erschaudern. Ich kann das nicht weiter ansehen. Ich dreh mich um und laufe zurück. Weit komm ich jedoch nicht. Am Rand der Bäume erscheint die blasse Figur, der Todeshauch. Sie steht nur dort am Rand und zeigt mit seinem durchsichtigen Finger auf meine Leiche. Instinktiv verstehe ich. Es gibt für mich keinen Ausweg; außer einen.

Der Wind und der Regen ließen nach, nur noch die Blitze erhellen in der Ferne den Wald. Ich klettere den Baum hoch, begebe mich auf den Ast, woran das Seil mit meiner Leiche befestigt ist; ich hol es ein. Zum Vorschein kommt die leere Schlinge, meine Leiche ist verschwunden. Ich leg die Schlinge um meinen Hals. Die blasse Gestalt schaut aus der Ferne zu. Ich weiß, was ich tun muss, was ich tun werde; ich bin ganz ruhig und zufrieden. Ich dachte immer, dieser Moment, kurz bevor man es tut, sei das Schlimmste beim Sterben; dass einem tausend Gedanken durch den Kopf schießen, ich nervös werde, einen Rückzieher mache; stattdessen stehe ich hier auf dem Ast, mit der Schlinge um den Hals, und bin ganz ruhig, keine Angst, kein Bedauern, auch nicht die Leere und Hoffnungslosigkeit belästigen mich. Das Herz schlägt sanft in der Brust, die Füße stehen fest, die Hände liegen ruhig auf den Schenkeln. Ja, das ist der schönste Moment meines Lebens; ich bin zufrieden, wunschlos glücklich. Mit diesen Gedanken springe ich. In meine letzten Minuten betrachte ich die Blitze, wie sie den Wald erleuchten, die Dunkelheit vertreiben. Die Gestalt am Waldesrand löst sich auf, verschwindet mit dem nächsten Leuchten. Eine Träne läuft mir die Wange runter; keine Träne der Trauer, sondern eine Träne des Glücks; es ist vorbei, ich habe es geschafft. Der Schmerz am Hals und in der Brust lässt nach. Der Wald verschwimmt zu einer dunklen, formlosen Masse. Ich schließ die Augen. Mir wird es warm. Mit einem Lächeln verabschiede ich mich vom Leben.

Der Regen prasselt gegen die Fenster. Graue Wolken bedecken den Himmel und hüllen den Tag in Nebel. Ich schnappe mir mein Ledermantel und gehe hinaus. Das Wasser läuft mir über das Gesicht, wie Tränen, die ich nicht weinen kann. Ich mochte schon immer den Regen, das Geräusch beim auf platschen, die frische, nach dem Regen duftende Luft; und nicht zuletzt auch, weil kein anderes Wetter mein Gemütszustand, mein Leben, besser beschreiben kann. Wie das Wasser vom Himmel auf den Boden klatscht, alles mit sich nimmt, alles fortspült, und dann verschwindet, von jedem vergessen; alles fließt, nichts bleibt, alles verschwindet, wird vergessen. Im Regen, die Trauer des Wetters, fühl ich mich wohl, geborgen, der Regen ist ein Teil meiner Welt. Er ist der Sturzbach, den ich nicht weinen kann und den auch niemand sieht. Im Sonnenschein, in der Wärme, fühle ich mich immer fremd, als wäre ich ein Fremder in einer fremden Welt. Auch etwas, was nie jemand verstand, nie jemand versuchte zu verstehen. Ich war schon immer allein, mein ganzes Leben.

Ich dachte immer, die Leute sehen einem das Leid, den Kampf an, wollen einen helfen; doch sie sehen einen nicht; du bist für sie unsichtbar. Erst wenn du ihnen Helfen kannst oder irgendein anderen Vorteil erbringst, sehen sie dich wieder, sehen deinen Kampf, helfen dir nur soweit, bis du ihnen nützlich bist. Du bist allein, niemand da, der sich für dich interessiert, der dir hilft, dem du etwas bedeutest.

Und so wie du lebst, so wirst du auch sterben, allein,

von niemanden beachtet, sofort vergessen. Die Taten, die du in deinem Leben vollbrachtest, das Unternehmen, die Welten, die Ideologie, die du bautest, wird mit dir verschwinden. Nichts bleibt, alles fließt. Wir sind alle wie der Regen, der vom Himmel fällt, auf die Erde prasselt und abfließt; wir werden geboren, leben und wir sterben. Nichts bleibt, keiner unserer Taten hat eine Bedeutung, einen Sinn. Wir können dem Unausweichlichem nicht entgehen. Deine Existenz hat keinen Grund, es gibt keinen Sinn im Leben, niemand hat eine Bedeutung oder eine Aufgabe zu erfüllen. Grund und sinnlos Leben wir. Jede Existenz ist so belanglos wie alle anderen auch. Egal wie sehr wir uns an unserem Leben festklammern, eine Bedeutung für unsere Existenz ausmalen, eine Aufgabe zu erfüllen glauben, wird es nichts an der Tatsache der Vergänglichkeit ändern. Du bist und bleibst mit deinem Leben und deinen Taten bedeutungslos und wirst vergessen und ersetzt. Alles fließt, nichts bleibt. Und am Ende deines Lebens findest du dich vor dessen Trümmer wieder. Deine Träume, Hoffnungen und Ziele, die du dir gesetzt und nie erreichtest; oder den Kampf gewonnen, dich über alles und jeden hinweggesetzt und deine Ziele erreicht, nur um festzustellen, dass sich nichts ändert. Die Leere und Orientierungslosigkeit, die sich nach dem erreichen in dich einschleicht, zusammen mit der fehlenden Freude lässt dich an deine Ziele, an deine Entscheidungen, an dein gesamtes Lebenswerk zweifeln, frisst dich langsam auf. Ohne Ziel gibt es keinen Grund weiterzumachen.

Am Ende musst du mit ansehen, wie alle Anstrengung umsonst waren. Dein Leben mitsamt deinen Erfolgen zerbricht im Alter, werden von anderen zerstört oder vergessen werden. Einsam, gebrochen und verloren liegst du in dein Sterbebett und freust dich über deinen Tod, dass alles nun endet und du den Verfall deiner Erfolge nicht weiter mit ansehen musst. Was ist schlimmer, vor den Trümmern deiner verlorenen Träume und Ziele zu stehen oder den Verfall deines erfolgreich geführten Lebens anzusehen? Ist diese Frage überhaupt wichtig? Am Ende stehen beide vor dem Wrack, was einst ihr Leben war, und fragen sich, wie weit es so kommen konnte; schauen schmerzvoll auf ihren Werdegang.

Der eine fragt sich, wieso er nie seine Ziele und Träume verfolgte, wieso er der Angst so unterlag und ab wann er sich selbst aufgab; der andere fragt sich, ab wann sein Lebenswerk anfing zu zerbröseln, welche Anzeichen es gab, die er übersah, und warum er den Zerfall nicht aufhalten konnte. Seine wichtigste Frage wird aber sein, ob er den Zerfall überhaupt aufhalten wollte. Sobald er sein Ziel erreicht und die Freudlosigkeit einsetzt, wird er sich selbst hassen und sich selbst aufgeben. Er wird den Zerfall seiner Erfolge nicht aufhalten, selbst wenn er könnte, sondern diesen noch gutheißen. Die Ziele, das Leben konnten ihm nicht das geben, was er sich erhoffte; einen Sinn im Leben, Bedeutung für die Existenz und Freude im Leben.

Das Leben hält nicht, was es verspricht, und wenn doch, siehst du, wie wenig wünschenswert das versprochene war. Egal was du tust, das Leben wird immer sinnlos, deine Taten bedeutungslos bleiben, und Freude ist nichts anderes als ein Hormonrausch. Nichts wird sich ändern. Am Ende wartet nur der Tod, der unser Treiben aus der Ferne lachend beobachtet. Die Menschen schützen sich vor dieser Erkenntnis. Wenn sie die Sinnlosigkeit ihrer Taten sehen würden, würden sie ihre Ziele nicht weiter verfolgen, es gibt schlicht kein Grund dazu. Alle laufen sie umher, halten sich und ihre Taten für die wichtigsten auf der Welt; das Ende ist für alle gleich, tot und vergessen. Nichts bleibt, alles fließt.

Irgendwann fragst du dich, ob es das schon sein kann, ob du schon alles erlebt hast oder ob da noch etwas kommt. Du verlässt dein gewohntes leben und begibst dich auf die Suche nach diesem etwas. Du trittst einer Religion bei, gehst auf Weltreise, eignest dir ein neues Hobby an oder du suchst dir Liebschaften. Du bist immer auf der Suche nach dem Sinn deines Lebens. Ständig von dem Gefühl begleitet, etwas zu verpassen; von der Frage gequält, ob da noch etwas kommt. Doch da kommt nichts mehr. Wir werden geboren, wir leben und wir sterben. So stehen wir jeden Morgen auf, halten uns selbst am Leben und gehen nachts schlafen; um am nächsten Morgen die gleichen Handlungen zu vollführen. Dieses Ritual betreiben wir bis zum Tod. Egal was du tust, egal was du dir einredest, es wird sich nichts ändern, das Leben bleibt langweilig und schmerzerfüllt. Da kommt nichts mehr.

Das ist die Realität, vor der die wenigen Menschen stehen, die tatsächlich ihrer Ziele erreichen. Sie dachten, ihr Leben würde sich dadurch ändern, doch sobald sie an dem Punkt stehen, wo sie nichts mehr erreichen können, merken sie, dass sich nichts änderte. Das Leben ist genauso Öde, qualvoll und schrecklich wie zuvor. Sie haben bereits alles erlebt und erfahren, was das Leben zu bieten hat. Schlimmer noch, es gibt kein Unterschied zwischen denen, die ihr Ziele erreichen und denen, die sie nicht erreichen. Alle stehen auf, halten sich selbst am Leben und schlafen in der Nacht, um am nächsten Tag die gleichen Riten zu befolgen. Sie alle haben die Erfahrungen, die das Leben bietet, am Anfang ihrer Erwachsenenzeit durchlebt. Und am Ende sterben sie alle und werden vergessen.

Da ist nichts mehr, da kommt nichts mehr. Nichts da, was dem Leben, dessen Leiden, einen Sinn verleiht; kein Schicksal, der einem eine Aufgabe bereithält; kein Gott, der einen beschützt und nach dem Tod ins Paradies aufnimmt; kein Karma, das für Gerechtigkeit sorgt; nur du bist da, allein in deinem Leben, allein mit deinen Leiden und versuchst dich durchzuschlagen, nur um am Ende doch zu verlieren. Beim Leben kannst du nicht gewinnen, nur verlieren. Da ist nichts, da kommt nichts. Wir sterben und hinterlassen nichts außer den Trümmern einer gescheiterten Existenz.

Über einen Landweg lauf ich einen Hügel hoch. Von hier oben kann ich die Silhouette der Stadt erkennen. Fern und frei von den erdrückenden Menschenmassen, von ihren Illusionen, Lügen und falschen Versprechen. Wie sie täglich ihre Träume und Ziele jagen, auf der Hoffnung einem sinnerfüllten Leben.

Der Himmel verdunkelt sich, der Sturm wird schlimmer. Der Wind peitscht mir ins Gesicht, die Tropfen treffen mich wie Fäuste. Ich steige vom Hügel herab, das Wasser sprudelt mir nach. Meine Kleider sind durchnässt, die Kälte fährt mir durchs Mark und Bein; jeder Schritt wird zur Herausforderung. Das Wasser weicht den Landweg auf, wird zu gefährlicher Rutschbahn. Der Abstieg ist eine einzige Qual; vorsichtig erhasche ich mich voran. Der Weg führt mich an einer kleinen Wiese und an einer Baumkette vorbei, die mit dem Wind tanzen. In der Ferne höre ich ein leises Rumpeln, gefolgt von einem hellen Licht.

Der Sturm, die Bäume und das Gewitter erinnern an meinen letzten Traum, an meinen Tod; aber auch an die Zufriedenheit, das Glück, das ich in diesem Moment verspürte. Die Gedanken kreisen nur noch über den Wald, den König der Bäume und über meine Leiche, wie sie an diesem Baum hang. Schnell laufe ich an den Bäumen vorbei, doch von den kreisenden Gedanken kann ich nicht entkommen.

Der Wind bläst mir entgegen, der Regen drückt mich auf den Boden, halten mich hier fest, zwingen mich, die Bäume anzuschauen, wie sie mit ihren Ästen drohen und nach mir schlagen. Ich stämme mich gegen den Wind, Schritt um Schritt kämpf ich mich zurück in die Stadt. Die Blitze werden heller und die Donner lauter. *Du kannst dem Tod nicht entkommen. Hier wirst du sterben.* Nein, werde ich nicht, hier werde ich nicht sterben. Mein Körper lastet schwer; das Atmen brennt in der Lunge, das Herz rast vor Erschöpfung. Ich kann nicht mehr, ich bin am Ende. Ich sehne mich nach der Ruhe; nach einem Ende der Kämpfe, ein Ende der Leiden. Ich kann nicht mehr. Doch hier will ich auch nicht aufgeben, nicht bei diesem Sturm, vor den spottenden Bäumen. Ich zwinge meinen Körper weiter durch den regen zu stampfen. Mit jedem Schritt wird der Wind stärker, der Regen erdrückender und die Donner lauter. Ich halte entgegen, mit meinen allerletzten Reserven. Die Nase und der Hals brennt wie Feuer. Die Knie zittern; mit tauben Beinen schreite ich voran, zwinge mich durch den Sturm. Einen letzten Kampf schlagen, ein letztes Mal gewinnen. Die Umgebung verblasst, die Konturen verschwimmen; mir wird schwarz vor Augen.

Ich finde mich im Schutz zwischen zweier Häuser wieder. Weder weiß ich, wo ich bin, noch habe ich eine Erinnerung daran, wie ich hierherkam. Der Sturm wütet noch immer. Vielleicht wurde ich ohnmächtig und jemand sah mich, schleppte mich in diese Gosse; doch niemand ist zu sehen. Ich muss es allein hierhergeschafft haben, irgendwie. Ich habe die Kontrolle über mich an das Es abgegeben, der mich blind durch den

Sturm führte, mich hier in Sicherheit brachte. Ich habe den Kampf endgültig verloren, ich bin nur noch eine Puppe, eine Marionette, für meinen Schatten. Ich setze mich auf den Boden; Tränen vermischen sich mit den Regentropfen und rollen mir die Wangen runter. Ich bin am Ende. Ich senke den Kopf und warte, bis der Sturm vorbeizieht.

Die Wunde reißt auf, Blut fließt über mein Gesicht, vermischt sich mit Wasser und tropft auf den Boden. Der Schmerz fühlt sich an, als würde jemand mit einem heißen Messer über mein Gesicht fahren. Auch das noch. Als wäre der Sturm und meiner Erschöpfung nicht schlimm genug, muss die Wunde jetzt aufreißen. Ich strecke mein Gesicht hoch in den Himmel, lasse den Regen das Blut aus meinem Gesicht waschen. Mit beiden Händen drücke ich auf die Wunde; sie pocht und sticht; wehrt sich gegen das Wasser und meinen Händen. Diese Narbe ist das Zeichen meines Scheiterns; der Schatten gewann gegen mich. Ein kurzer Moment der Schwäche und die Depression übernahm die Kontrolle, richtete meine Energie und Kraft gegen mich, befriedigte meinen Selbsthass. Die Narbe ist nur der kleinste Schaden. Dieser eine Moment forderte meine letzten Kräfte, meinen letzten Willen; jetzt bin ich unbewaffnet, dem Schatten hilflos ausgeliefert. Die Depression hat gewonnen.

In der Ferne rumpelt leise der Donner. Der regen hat sich zu einem leichten Nieseln zurückgezogen. Wie ein alter Mann stehe ich auf und laufe wackelig auf die

Straße. Die Augen brennen; ich muss die ganze Zeit über geweint haben. Wenn mich jemand sieht, müsste er denken, ich hätte zu tief ins Glas geschaut. Dabei bin ich nur erschöpft, kraftlos, Müde; unsagbar Müde. Ich möchte in mein Bett und schlafen, schlafen und nie wieder aufstehen, bis der Schatten und meine Leiden verschwunden sind. Die durchnässte Kleidung klebt schmerzend auf meiner Schulter. Ich torkle durch die Straße, die ich in meinem halbtoten Zustand zumindest wiedererkenne. Es ist eine kleine Nebenstraße inmitten des Wohngebiets, die über Felder zu einem Fußweg führt, der gleich hinter dem Hügel in eine bewaldete Lichtung mündet. Beruhigt über den Umstand, dass ich weiß wo ich bin und ich es nicht mehr weit habe, laufe ich zu meiner Wohnung.

Ich streif die schwere Last von mir ab, versorge meine Wunde und lasse mich aufs Bett fallen. Ich kann nicht mehr, ich will nicht mehr. Schlafen, ich will auf ewig schlafen.

Die roten Dämonenaugen leuchten mich an, durchstechen mich mit ihrem Blick. Die Eule schreit und fliegt in den Wald hinein. Der Wald, ich bin zurück im Wald. Er ist still, kein Geräusch schallt und kein Wind weht durch ihn hindurch. Ich liege vor einem Baum, unfähig mich zu bewegen; die Bäume umzingeln mich. Das Mondlicht scheint gespenstig in den Kreis. Das Licht bewegt, nimmt Konturen an, formt die Gestalt des Todeshauchs. Er zeigt mit seinem fahlen Finger auf mich und kommt langsam näher; bereit mich mitzunehmen. Ich sitze da, zu erschöpft zu fliehen oder zu kämpfen; des Kampfes und der Leiden müde, bin ich bereit mein Schicksal zu akzeptieren. In seinen Augen sehe ich meine Leiche am Baum hängen. Wie ein Freund reicht er mir seine Hand, die ich voller Freude entgegennehme. Ein kalter Hauch küsst die Hand. Wärme und ein Gefühl der Erleichterung durchzieht mein ganzer Körper; die Leere, die Finsternis, der Schatten, alle Qualen, alles vergessen; nur ein Echo der Erinnerungen aus einem längst vergessenen Leben bleibt. Und dann nichts, kein Gefühl, keine Zeit, nur Schwärze und das endlose Nichts; ich bin tot.

Für mich gibt es keine Hoffnung, keine Freude. Gefangen im Loch, aus dem es kein Ausweg gibt. Der Schatten steht am Rand des Abgrundes und lächelt ein siegbewusstes Lächeln von oben herab. Ich weiß nicht, wie oft ich den Schatten, die Depression, bekämpft habe; ich weiß nicht, wie oft ich in diesem Loch war und wie oft ich emporstieg. Ich weiß nur, dass jeder Sieg mir ein Teil meiner Kräfte raubte, alle Siege waren reine Pyrrhussiege. Ich konnte den Schatten nicht besiegen, jetzt besiegt er mich. Ich bin des Kampfes leid, des Lebens müde. Ich bin gefangen in einem Teufelskreis, aus dem es kein Entkommen gibt. Mit jedem Sieg kommt er zurück, stärker als zuvor, fordert mehr Stärker, mehr Leid.

Ich sehne mich nach der Ruhe, dem Frieden, den ich in meinen Träumen verspürte. Der Frieden, das Glück, den mir nur der Tod gibt; der Tod als Erlösung vom Leben. Das Leben ist eine Lüge, die Freude und Sinnhaftigkeit verspricht, stattdessen bekommt man nur Leiden und Qualen. Das Leben besteht nur aus Leid und Schmerz. Der Tod beendet die Schmerzen, errettet mich aus mein Leid. Nur der Tod bringt dem Leben einen Sinn, nur durch die Vergänglichkeit bekommt das Leben einen Wert. Ohne den Tod hätte das Leben keinen Wert; nichts könnte einen vom Leben erlösen. Den Frieden kann ich nur im Tod finden; das Leben lässt mich weiter leiden. Ich will sterben; ich bin bereit zum Sterben. Tod, ich komme zu dir, erwarte dich, dich und deine Erlösung; auf das du dein Versprechen hältst, das das Leben brach.

Ich begebe mich ins Bad und lass heißes Wasser in die Wanne laufen. Aus der Küche hol ich mir mein schärfstes Messer. *Beende dein Leid, beende dein Leben.* Ja, ich werde es beenden, ich habe den Mut; ein letztes Mal bin ich stark und beende es. Ich beobachte das dampfende Wasser, wie es langsam die Wanne füllt und spiele mit dem Messer. Wie im Traum schlägt mein Herz sanft in der Brust, ruhig atme ich ein und aus. Keine Furcht nistet sich in mein Inneres, sondern nur Ruhe und Glück; seit meiner Entscheidung bin ich zufrieden und das erste Mal glücklich. Nie wieder kämpfen müssen, nie wieder Leiden müssen, nie wieder in diesem Loch landen, in dem Mahlstrom des Selbsthasses, nicht mehr vor dem Schatten verlieren. Ein sinnloses Leben zu beenden, dessen Fehlen keiner vermisst. Dazu bin ich endlich bereit, dafür verwende ich meine letzten Kräfte.

Ich setze mich in die heiße Wanne und führe die Klinge an meinem Unterarm. Mit einer mir unbekannten Gelassenheit schneide ich mir die Hauptschlagader der Länge nach auf. Die Hitze betäubt den Schmerz. Voller Freude beobachte ich das fließende Blut, wie es das Wasser rot färbt. Ich lehne mich zurück und schließ die Augen. Das Herz schlägt gleichmäßig im schlafenden Rhythmus. Zum ersten Mal in meinem Leben bin ich einfach nur glücklich. Eine Träne des Glücks kullert ins Wasser. Wenn ich nur die Hälfte dieses Glücks mein Leben lang verspürt hätte, vielleicht würden dann die Dinge anders aussehen, vielleicht müsste ich nicht hier in der Wanne mit aufgeschlitztem Arm liegen. Das Herz schlägt arrhythmisch, das Wasser verliert an Wärme, die Atmung wird schwach. Ich lächle dem Tod entgegen, bereit ihn zu empfangen. Ich weiß nicht, wann ich zuletzt gelächelt habe, ob ich jemals ernsthaft lächelte. Die Gedanken verblassen, verschwinden in der Finsternis. Die Leere hat mich eingeholt.